꿈꾸는 드러머

이 도서의 국립중앙도서관 출판예정도서목록(CIP)은 서지정보유통지원시스템 홈페이지(http://seoji.nl.go.kr)와 국가자료종합목록 구축시스템(http://kolis-net.nl.go.kr)에서 이용하실 수 있습니다.
CIP제어번호 : CIP2019027819)

J.H CLASSIC 035

꿈꾸는 드러머

김완수 시집

지혜

시인의 말

내게 시詩는 의식意識이고, 시 쓰기는 몸부림이다.
불안하고 외로웠기에 지금껏 그 의식을 밝혀 왔으리라.
요즘 눈 건강이 악화돼 마음고생이 심했다.
대신 시안詩眼이 밝아진 것이라 안위하고 싶다.
첫 시집을 통해 내가 시에 구애해 온 시간들을 고백한다.
부디 시와 독자들에게 누가 되지 않기를 바랄 뿐이다.

2019년 호젓한 여름에
나를 키운 전주의 한벽처에서

차례

2부 아직은 집

3부 길 위에 서다

4부 광장으로

- 일러두기
  한 연이 첫 번째 행에서 시작될 때는 > 로 표시합니다.

1부

꿈을 꾸며

레몬

레몬은 나무 위에서 해탈한 부처야
그러잖고서야 혼자 세상 쓴맛 다 삼켜 내다가
정신 못 차리는 세상에 맛 좀 봐라 하고
복장腹臟을 상큼한 신트림으로 불쑥 터뜨릴 리 없지
어쩌면 레몬은 말야
대승大乘의 목탁을 두드리며 히말라야를 넘던 고승이
중생의 편식을 제도濟度하다가
단것 단것 하는 투정에 질려
세상으로 향한 목탁의 문고리는 감추고
노란 고치 속에 안거한 건지 몰라
들어 봐,
레몬 향기가 득도의 목탁 소리 같잖아

레몬은 반골을 꿈꿔 온 게 분명해
너도 나도 단맛에 절여지는 세상인데
저만 혼자 시어 보겠다고
삐딱하게 들어앉아 좌선할 리 없지
가만 보면 레몬은 말야
황달 든 부처가 톡 쏘는 것 같아도
내가 단것을 상큼하다고 우길 땐

바로 문 열고 나와 눈 질끈 감기는 감화를 주거든
파계처럼 단맛과 몸 섞은 레몬수를 보더라도
그 둔갑을 변절이라 부르면 안 돼
레몬의 마음은 말야
저를 쥐어짜면서 단맛을 교화하는 것이거든

레몬은 독하게 적멸하는 부처야
푸르데데한 색에서 단맛을 쫙 빼면
모두 레몬이 될 수 있어
구연산도 제 가슴에 맺힌 눈물의 사리舍利일지 몰라
레몬이 지금 내게 신맛의 포교를 해
내 거짓 눈물이 쏙 빠지도록

벤치 워머※

이름 연호해 주는 사람 없어도
언제나 진득하게 벤치를 지키며
세 시간 꼬박 자리 데우는 너
소일처럼 해바라기씨 까먹다가
상대 투수에게 야유를 툭 뱉을 때 많지만
눈 부릅뜨고 경기 읽어 가는 너
경기가 안 풀리면
감독이 바라봐 주지는 않을까
괜히 방망이 몇 번 힘차게 휘두르며
그림자 시위 하는 너
기나긴 연장 승부 끝에
승리의 끝내기 안타라도 터지면
누구보다 먼저 필드로 달려가
스포츠 신문 일면을
대문짝만 한 등번호로 장식하는 너
내일이면 상대 벤치에 앉아 있을지 모를 삶이어도
오늘만은 화끈하게 소리 지를 배짱 두둑하니
너의 엉덩이는 강타자의 불방망이보다 뜨겁다
어쩌다 운 좋게 타석에 서도
서툰 스윙으로 맥없이 물러나

기회는 또 홈런의 꿈같이 아득해지지만

먹튀란 손가락질 받을 일 없으니

어깨 맘껏 펴도 좋겠다

타석이 벤치보다 어색한 똑딱이여도

공이 수박만 하게 보인다는 말이 통 믿기지 않아도

자유 계약 앞둔 동료처럼 달뜬 가슴 가져라

상대 투수 앞에서 기죽을 줄 모르는 너

너의 이름은

더그아웃에서 더 뜨거운 필드를 꿈꾸는 벤치 워머

* 벤치 워머bench warmer : 언제나 벤치에 앉아서 출전 기회를 기다리는 후보급 야구 선수.

등목

등허리가 분단分斷같이 따가운 날이면
나는 동해안의 매끈한 몸처럼 엎드려
바다의 달뜬 얘기로 등목을 한다
달이 환한 숨기운으로
맹수의 발톱에 떠는 사슴 등을 어루만지고
큰키나무들 아래서 할딱이는 잔풀을 적시듯
바다는 내게 살집 좋은 얘기를 끼얹어 준다

외따로운 섬 가장자리를 순례하다가
손 한 번 부여잡으며 울고 싶었다는 얘기
바위 앞에서 자꾸 서성거리면
갯가에 소문이 짜하게 퍼질까 봐
냉큼 망설임의 발길을 돌렸다는 얘기
남과 북이 꼭 만날 것만 같은
냉온이 덩실덩실 어우러진 조경 수역*에선
왜곡의 물길로 불쑥 끼어든 염알이꾼을
회초리 들어 물리쳤다는 얘기

등허리가 분단같이 시린 날이면
나는 동해안의 구붓한 몸처럼 엎드려

바다의 달뜬 얘기로 등목을 한다
어디서 또 돌 하나 툭 하고 날아들어
생떼 같은 물둘레를 일으켜도
바다는 내게 속정 깊은 얘기를 끼얹어 준다

* 조경 수역 : 한류와 난류가 교차하는 영역.

압록강을 건너는 순이

어둠의 깊이도 모르던 순이가
여명같이 눈 시린 꿈을 보따리에 꾸려
첫새벽 압록강을 건넌다
여기는 빛과 어둠이 대치하는 국경
이따금 달의 기척만 경보음으로 들리고
망루의 날 선 빛이 어둠 속을 헤집으면
어둠살 뒤에 웅크려 바지 자락 걷는다
억장 같은 정적을 건너면 자유가 있겠지
암전 속으로 저릿저릿 들어가는 순이는
생사가 줄다리기하는 외길을 타며
물먹은 쪽배처럼 강을 건넌다
자유가 보따리만큼 듬직해
강 건너에 손을 뻗으면
강물은 등 내밀어 순이를 불끈 업는데
보릿고개보다 험한 고비 네 번은 넘어야
실낱같던 자유를 만날 수 있다지
순이가 경계境界를 움켜쥐는 순간
탕! 하는 쇳소리 비껴가고
빛도 스스로 무장 해제하는데
공도하公渡河! 공도하!

어둠이 순이 등을 떠밀 때
안도의 숨은 파문을 그리고
곧 어지러이 흩어지는 빛
순이가 강둑에 서자
보따리에서 선잠을 자던 꿈이
여름날 강물처럼 넘실거린다

스티브 매퀸*의 얼굴

스티브 매퀸의 얼굴엔 괴이한 우주가 있어
얼마나 뜨거운 냉가슴이었는지
스티브 매퀸의 얼굴은
가슴에서 화산처럼 폭발해
바위로 솟은 우주가 됐어

천구 같은 눈동자 속에 바다가 갇혀 있어
태양의 두 눈이 열기熱氣로 가둔 거지
태양도 눈이 부셔 외면했을 것 같은 이마엔
바다와의 합류를 꿈꾸는 세파가
참호를 파 둔 채 넘실거리고 있어
분화구가 닫힌 코끝이지만
왼편의 소우주는 또 어떤지 알아?
물결이 화산암을 식히려다가
외려 복사열에 포섭됐는지
부글부글 끓다 말고 결로한 흑점 하나가 있어
그것은 말야
천구에서 뚝 떨어져 응고된 붙박이별이라 해도 되겠어
태양이 되려다 죗값으로 바짝바짝 타들어 갔으나
팽팽한 척력으로 앙버티고 있는 입도 봐

>

화산재를 뒤집어쓴 머리부터
모반의 활시위를 당기고 있는 턱까지
스티브 매퀸의 얼굴엔 중력장이 찌릿찌릿 흐르고 있어

스티브 매퀸의 얼굴엔 신비한 우주가 있어
우주는 내게 팽창해
날 멋진 블랙홀로 빨아들여 왔어
난 천생 구심 운동을 해야 하는지
그의 우주를 끊임없이 동경해 왔는데
조각彫刻 같은 우주만 섬겨 온 넌
그런 내 마음을 조금이라도 이해할 수 있겠니?

* 스티브 매퀸 : 미국의 영화배우.

전라도

나는 더 남쪽에서 태어나면 좋았을 것이다
사는 것은 어둡고 서늘한 일인지
양지바른 남쪽에서 자라고 싶었다

서해와 남해가 손잡은 쪽도 좋았고
지리산과 섬진강이 껴안은 쪽도 좋았다
고개 돌리는 곳마다 곡향이고
발길 머무는 곳마다 예향이니
어디든 나를 실팍한 젖으로 키웠을 것이다

간간한 눈물로 젖어 있는 땅
눈총과 손가락질에
애꿎은 색까지 덧입혀지면
눈물을 닦고 하나 되는 땅
디아스포라처럼 떠돌아도
남南으로 그리움의 창 내는 사람들 있네

내 사투리는 빛과 볕
사람들 맘씨는 장맛을 따르고
나도 한살이 동안 익어 갈 테니

밤바람인들 맞으면 어떠리

나는 봄날에 태어나면 좋았을 것이다
오월의 묵정밭도
나비처럼 홀홀 다닐 수 있게

별

떨어져 있어야
빛날 때가 있다

가까이 있다가
멀어지는 우리

잠 못 든 채
그리워하면
너는 내게
나는 네게
별이 되리라

너도 나처럼
어딘가에서
물끄러미 바라보리라

달리*의 콧수염

아침의 길이 팽팽했을수록
밤길은 달리의 콧수염처럼 늘어진다
길이 반지레 선잠을 자고 있다
기면증은 언제부터 시작됐을까
밤길의 기이한 자기암시
낮이 쏟아 낸 말들도 바닥에 축 늘어지면
잠귀 밝은 길은
구부정한 잠버릇으로 낮의 생각을 풀어낸다
길의 안구 운동이 빨라진다
밤길의 상상력을 이해 못 하는 낮
낮의 말귀가 어두울 때부터
길은 어둠이라는 걸 뒤집어썼겠지
달리가 두통으로 기억을 더듬던 것처럼
몽롱한 꿈을 꾸는 길
밤길은 낮을 넘어서기 위해 꿈틀거린다
아침을 기억하는 길이 단잠에 빠지자
낮은 흐물흐물 녹아내리고
꿈은 달리의 영감처럼 팽팽해진다

밤길같이 꿈꾸지 못해

달리의 콧수염을 힘껏 잡아당겨 보지만
길은 좀처럼 눈을 뜨지 않는다
길이 팽팽했던 제 힘을 기억하는 한
낮을 뒤엎는 기행奇行은 계속되겠지
아침의 자궁 속으로 들어가는 길
달리의 콧수염이 유쾌하게 꿈틀거린다
내 낮이 밤길의 꿈 옆에 따라 눕는다

* 달리 : 살바도르 달리. 스페인의 초현실주의 화가.

에곤 실레*와의 포옹

케케묵은 세상에 갇혀 있었을 때
에곤 실레를 만났다
나는 자유의 눈을 가졌고
그는 내 앞에 알몸으로 나타났다
눈은 퀭했어도
너머론 세상을 훔쳐보는 눈이 있었다

그는 태엽 인간이었다
몸은 먼지에 갇혀 있었으나
심장엔 돌돌 말린 젊음이 있었다
내가 태엽을 팽팽하게 감자
젊음이 뚝뚝 부러지며 풀리더니
그의 몸이 어그러졌다
세상과 삐걱거리는 그림
상투적인 배경은 사라지고
내 몸 어딘가에서 태엽 자국이 만져져
나도 옷을 벗는다
그가 내 몸을 훔쳐보지만
세상처럼 그를 경멸하지 않는다

>

그에게로 풍덩 뛰어들려는데

경멸의 독감에 걸렸는지

그가 콜록거리며 쓰러진다

스물여덟 바퀴 풀린 젊음

나는 죽음과 포옹한다

전과는 다른 방식으로

* 에곤 실레 : 오스트리아의 표현주의 화가.

이집트

어느 대륙에도 있지 않은 이집트로 가고 싶었다
모세와 선민選民들이 애굽을 탈출한 것같이는
비겁하게 한 시대를 건너뛰고 싶지 않아
푹푹 빠지는 땅 한가운데에 입맞춤하고 싶었다
이집트에 가면 무얼 먼저 물었을까
길을 새김질하며 가는 낙타처럼
사람들이 물길 따라 모여든 이야기부터
풍요의 강물이 집집이 넘쳐흐를 줄 알다가
모래바람에 가물거리는 자리를 붙들기 위해
파라오가 태양의 힘을 불러들인 이유며
사각뿔 밀실에 잠들어서도
머리맡을 맴도는 원성怨聲이 듣기 싫어
기꺼이 괴물과 동침한 속사정까지
어느 이집트인이라도 붙잡고 캐물었을 것이다

진실의 심장만은 아마포로 감출 수 없었겠지
태양이 부르면 벌떡 일어날 것 같다가도
삶의 치렁치렁한 집착 때문에
파라오는 붕대를 풀지 못한다
사자의 서를 읽으면

나는 미라가 중얼거리는 꿈을 알아들을 수 있을까
아니, 어쩌면 죽은 자의 불안을 깨울 수도 있겠다
태양이 죽였을 파라오 대신
이집트 인들이 입을 열 수 없다면
나는 차라리 오이디푸스처럼 괴물과 맞닥뜨려
수수께끼의 답을 확인할 것이다

나는 거짓 눈을 찔러 방랑해 온 오이디푸스
괴물의 코가 낮아진 것은
파라오에게서 답이 없어
오이디푸스가 돌팔매질한 때문 아닌가
불순한 건조물 아래엔
지금도 해방의 오아시스가 흐를 것이다

어느 기후로도 말할 수 없는 이집트에 가고 싶었다
건조물을 쌓아 올린 사람들의 한숨 섞인 꿈이
영생의 주문呪文보다 화창하게 풀릴

화석

    누구는 독도를 외로운 섬이라 부르지만 나는 뭍이 펑펑 쏟아낸 것이라 믿는다 눈물은 화석이 되었다 차갑게 식을지라도 잊히는 일은 싫어 불끈 솟아오른 화석 뭍의 슬픔은 활화산 같아 그 연대年代를 알 수 없다 새들은 까닭이 궁금해 섬 주위를 맴돌고 바다는 눈치 없이 뭍과 섬을 추근거린다

    눈물을 닦아 주려 한 사람들이 있었고 눈물을 훔쳐가려 한 사람들이 있었다 물선 길로 온 사람들이 붙접하려 할수록 화석은 단단하게 일어섰다 뭍사람들 눈은 촉촉이 젖었다 아파해 본 가슴만이 슬픔을 수습收拾할 줄 안다

    바위가 되고 산이 된 화석 방울방울을 세는 것은 부질없는 일이어서 나는 차라리 화석이 되기로 마음먹는다 뜨거운 것은 단단하다 눈물이 뜨거운 가슴에서 쏟아진 것이라면 힘은 차가운 바다에서 비롯됐을 것이다 나는 바다만은 되지 않기로 한다

    이제는 파도에 갈고 닦여진 진주 나도 단단해지고 싶어 아픈 파도를 오래도록 맞는다 불현듯 눈물이 핑 돌려 할 때 새들이 내 주위를 맴돈다 까마득한 외면의 연대를 측정하자 부끄럼이 속절없이 밀려드는데 서로 부둥켜안은 화석들을 보면서도 나는 왜 가슴 펑펑 터뜨리지 못하나

일용할 시詩

밤새워 시를 쓴 일이 있다
여열이 야경꾼처럼 있을 때
낮에 한 줄 쓰지 못한 부끄럼 때문인지
뜬눈으로 시 한 편 쓰며
생각의 엉킨 실타래를 푼 적이 있다

시인의 말이 뜨거워야 하는 것이라면
나는 꽤 오랫동안 게으르고 비겁했다
삶의 불볕이 쏟아질 때마다
패잔병같이 그늘만 찾다가
쉼터에서 멋없이 생각의 땀을 닦았으니

아침에 쫓기듯 써야 한다면
차라리 눈 질끈 감는 게 낫겠지
입막음 같은 고요가 있고
어둠을 덮은 자들의 잠꼬대가 들려도
나는 자분자분 이어 쓰리

밤새워 시를 쓰는 일이 잦아졌다
무더위가 두렵지 않아

여름 한낮도 마다하지 않는다
떳떳함의 실마리를 풀어낸 일
이젠 내 나날이 단단하다

꿈꾸는 드러머

드러머는 드리머

록 밴드가 급속한 안구 운동을 하면
나는 꿈꾸는 멤버들 가운데서
드러머부터 찾는다
기타가 소리 숲을 만들고
보컬의 노래가 메아리를 만들 때
멤버들은 무대 앞으로 나서지만
내 드러머는 제자리를 지킨다
드러머의 꿈은 내향적이어서
무대 뒤에서 밴드의 꿈을 두드린다

보이지 않는 꿈일수록 단단한 법
어둑한 숨소리로 멤버들을 떠밀면
숲 속엔 함성의 불이 켜진다
두드림은 흥을 살리는 최면
드러머의 꿈에서 구슬땀이 흘러내린다

드러머의 팔뚝에 포효 같은 힘이 솟는다
리듬이 죽은 소리를 베어 낼 때마다

숲이 고갯짓으로 넘실거린다
숨 쉬는 박자가 척척 맞는다
시근시근 꿈꾸는 사람들
드러머는 꿈 깨지 않는다

드러머는 드리머

넓은잎딱총나무※

갈비뼈에 금 간 듯 가슴이 저려
무너져 내리는 곳을 떠받치다가
용하다는 접골목을 찾으려 온 산을 헤맸다
그 전까지는 이름도 몰랐으나
아픈 이유는 미처 짚지 못한 채
효험의 소문을 찾아 떠난 길
통점에 낯선 믿음을 갖다 붙이면
가슴을 펼 수 있을 것 같았다

사방에서 접골목을 얻었다
정성껏 달여 아픈 곳으로 넘겨 보고
짓찧어 가슴팍에 붙여 보기도 했지만
가슴은 바로 서지 못했다
불덩이같이 활활 달아오르는가 싶다가도
젖은 불씨를 품은 듯 이내 꺼져 버렸다

마음 안에 붙여야 했던 것이다
내 환부患部는
언제 녹아내릴지 모르는 성엣장 아래에서
자리 잡지 못해 파문으로 신음하는 강물처럼

가슴 아래 아찔하게 떠돌던 마음이었다
마음의 골절
밤중에 눈을 감으며 들여다본 속은
눈물의 낙수落水로 균열하고 있었다

넓은잎딱총나무를 찾았어야 했다
내게는 통증보다 진득한 넓은잎딱총나무
가슴 밖에 무성한 이름이 아닌
본디 믿음의 사각死角에 서 있던 나무에
뼈엉성증 앓는 마음을 맡겨야 했다

* 넓은잎딱총나무 : '접골목接骨木'이 이칭인 낙엽 활엽 관목.

마크 노플러*를 아는 여자와의 사랑

마크 노플러를 아는 여자라면
세상 돌아가는 일엔 깜깜속이더라도
그녀 이름만은 꼬박 기억하고 싶다
꽃미남 아이돌 스타의 근황을 묻기보단
마크 노플러의 발자취에 관심을 갖고
밴드 리더로서의 그보단
무대 뒤에서 기타를 연주하던 그에 대해
생생히 기억하는 여자이면 좋겠다

마크 노플러의 신상身上을 줄줄이 꿰고 있진 않아도
그가 머리띠 질끈 동여맨 이유를 한 번쯤 궁금해하고
그의 밴드 재결성 소식을
인기 드라마의 연장 소식보다 기대할 줄 알고
내가 그의 나직한 목소리를
시대에 대한 비웃음이라고 말할 때
깔깔거리며 맞장구쳐 주면 좋겠다
삼 대 기타리스트에 대해선 알고 싶어 하지 않지만
마크 노플러가 오른손잡이로 전향한 사실에 대해
시대의 편견에 돋은 한숨을 토하며
그의 투박한 핑거 피킹* 연주법을

어설픈 말소리로라도 시늉할 줄 알면 좋겠다

마크 노플러를 아는 여자라면
무턱대고 그녀 말에 귀 기울이고 싶다
그의 머리숱에 대한 걱정만큼
언제 들릴지 모를 부음에 대해 가슴 졸일 줄 알고
밴드 멤버들의 이름을
무대 앞에 죽 내세우다가
마크 노플러보다 먼저 잊힌 가수들도
하나씩 불러낼 줄 아는 여자라면
그녀 손 꼭 잡아 주고 싶다
설령 그녀와의 사랑이
반짝 가수의 인기처럼 허무하게 끝난다 해도
마크 노플러의 숨은 노래 한 곡쯤 흥얼거릴 줄 안다면
세상 모든 건 까맣게 잊더라도
그녀 이름만은 꼬박 기억하고 싶다

＊ 마크 노플러 : 록 밴드 '다이어 스트레이츠Dire Straits'를 이끈, 영국의 싱어 송 라이터 겸
   기타리스트.
＊ 핑거 피킹finger picking : 픽pick 대신 손가락으로 줄을 쳐서 연주하는 기타 주법.

2부

아직은 집

이상*의 방

내 안의 버려진 땅에
이상이 유폐됐던 다방을 들인다
그가 개명改名의 대가로 얻은 각혈이
벽에 신음으로 도배되고
급여 대신 주머니에 찔러 넣은 무능이
바닥에 한숨으로 흥건한 곳
공중에 자욱한 건
달큰한 커피 향 대신
이상이 갈비뼈를 내준 금홍의 분내뿐이다
기방보다 대담하고 골방보다 은밀한 곳
제비라 이름 지어
이별을 귀띔한 금홍의 경멸이
뒷방까지 기웃거리자
피를 자유로이 토하던 그가 흠칫했다

다방이 금홍에게 넘어갈 때
그녀에겐 합환의 방이 됐고
이상에겐 분열分裂의 방이 됐다
서울 한복판에서 말을 잃은 이상은
옛 설계도에서 신어를 찾아

아무도 들여다볼 수 없는 개미탑으로 쌓다가
세상 눈에서 퇴거당했겠지
분가루가 뒷방 천장까지 날리자
그가 방바닥에 화석으로 드러누웠다

금홍의 환심에 정액을 쏟다가
그녀가 불감증을 느끼면서
치맛자락에서 시어의 살결을 더듬었을 이상
박제가 되던 그가 잠깐 눈떠
그래도 제 한 군데는 쓸모 있지 않으냐며
발기勃起의 낯빛으로 허허거릴 때
금홍은 더 이상 내 안에
외간 남자를 끌어들이지 않았다

* 이상李箱 : 시인 겸 소설가.

43

독방 일기 日記

반지하의 링으로 나앉은 방엔
시커먼 밧줄이 드리워져 있었다
외딸고 축축한 기운을 먹어
독을 품은 밧줄은
남자의 머리 위에서 입을 벌리고 있었다
차가운 방구들에 알을 품은 그림자도
입김을 받아먹으며 자리를 넓혔다
그림자가 밧줄을 잡아당길 것 같은 밤
남자는 웅크린 채
시간을 끊으려는 듯 눈 질끈 감았다

남자는 그림자와 친숙했다
방바닥에 들러붙은 알주머니를 긁어내면
그새 다 자란 벌레는
눈앞에 비문飛蚊처럼 떠다니다가
남자가 눈을 감으면
가슴팍까지 파고들어 알을 깠다

밤낮없이 링 안에서
보이지 않는 외로움과 싸우던 남자가

백지白紙를 채우며 빛을 찾을 때
코앞까지 손 뻗치다 주춤하는 밧줄

남자가 더 이상 눈을 뜨지 못하던 아침
방에선 배 잔뜩 부른 밧줄이 발견되었다
밧줄은 악취를 탈피한 채
식은 몸뚱이를 집어삼키고 있었다
남자가 홀로 싸워 온 링이 밖으로 열리고서야
사람들 이목은 방 안을 비집으며 들어왔고
밧줄은 또 다른 그림자를 키우려
들창 밖으로 빠져나갔다

이제 아무도 없는 텅 빈 링
사람들 이목을 따라 들어와
방 구석구석 쓸쓸히 순례하던 한 줄기 햇살이
뒤늦게 일기장에서 몸부림의 기록을 찾아냈다

뮌하우젠 증후군*

분장실에서 나오니
주인공이 되고 싶었어
객석에 사람들이 모여들자
하고 싶은 말이 많았어
주인공은 말이 많은 사람이거든

사람들 눈길이 불안했지
금세 객석이 텅 비어
무대에서 내려가야 할 것 같았어
나는 사람들 앞에 있지만
사람들은 점점 멀어졌거든
객석에 빈자리가 보이면
나는 무대 뒤로 쏙 들어가곤 해
그럼 모두 내 안부를 궁금해하지

나를 이해하는 일은 불립 문자
나는 어느 때고 아플 테니
세상에서 잊힐 리 없어
나를 찾는 소리 없으면
내 부음을 퍼뜨리고 말 거야

내 쓸쓸한 이름이

아브라함*의 가계도같이 기억되고

사람들 입에 누누이 오르내릴 때까지

화려하게 출몰할 거야

나는 조명照明이 필요한 배우

즐거운 유명세라면

무대에서 쓰러져도 좋겠어

* 뮌하우젠 증후군Münchausen syndrome : 실제로는 앓고 있는 병이 없는데도 아프다고 거짓
  말을 일삼거나 자해를 하여 타인의 관심을 끌려는 정신 질환.
* 아브라함 : 구약 성서 '창세기'에 기록된, 이스라엘 민족의 조상.

신경정신과 닥터 김의 하루

발 끌리는 소리 가까워지면 신경정신과 닥터 김의 출근 시간 생각의 방 안에 넥타이처럼 늘어져 있던 진단이 하루 불을 끌 때까지 닥터 김 일정은 빼곡하기만 하지 창백한 가운 갈아입고 두툼한 진료 기록부 앞에 놓으면 곧 표정 잃은 고객들과 마주할 시간 연민이 한 다발 된 정신으로 닥터 김 일과는 버겁기만 하지 간호사 목소리가 들떠 있었다면 닥터 김은 말을 아껴야 해 고객들의 휴화산 같은 얼굴을 살필 때도 유리 가슴에 금 낼까 봐 닥터 김은 말보다 유창한 웃음을 구사하지 그래서 닥터 김은 말수를 잃어 갔나 봐 구시렁거리는 모깃소리가 성충이 돼 닥터 김 정신에 내려앉아도 머리보다 먼저 머리에 반反하여 군색한 처방전을 채우기 바쁜 손 가장 근사한 위로의 말도 오로지 감성의 안장鞍裝에 앉혀야 하지 닥터 김은 재가 된 속을 바닥에 쏟아 낼 때 표정도 버렸던 거야 고객들이 차례에서 해방돼야 닥터 김도 퀴퀴한 방에서 밖을 기웃거릴 수 있지 쭈뼛해진 머리로 시작해 희끗해진 머리로 끝나는 닥터 김의 하루

발 끌리는 소리 멀어지면 신경정신과 닥터 김의 퇴근 시간 오늘도 모래시계 들여다보듯 조마조마한 내일이 예약됐지 요즘 이곳을 찾는 사람들이 늘고 있어 냉가슴의 거푸집마다 온기를 채워야 하는 닥터들은 그들 모습을 닮아 가고 있지 지금 닥터들이

위험해 분열分裂의 뒤를 캐다 감염되는 실어증과 헛웃음의 직업
병이 닥터들 천수天壽를 앗아 가고 있어도 외로운 닥터들 병은
끝내 아무도 들여다보지 못하잖아

새벽 고양이

외로운 소리는 새벽에 몸을 던진다
파도 없는 바다처럼 방 안이 축 늘어진 시간
허공에서 초침이 그르렁거리면
몸 뒤척이던 소리는 기지개를 켜다가
몸을 사뿐 밖으로 던진다
소리의 투신이 날벌레같이 무모하면
어둠은 완력으로 받아 낼 준비를 한다
어둠의 에어 매트가 깔리는 시간
고요의 설득이 식상할 때쯤
싱싱한 기척을 물고
긴장의 담 위를 가로지르는 고양이 한 마리
매트 위에 자빠져 있던 소리가
개 짖는 소리처럼 고양이를 따르다가
말라빠진 걸음에 살이 올라
살금살금 방 안으로 기어든다
동공이 커지는 시곗바늘
새벽의 고층에서 떨어져도
소리는 이제 고양이처럼 중심을 잡고 설 줄 안다
착지가 더 이상 어둠에 젖지 않을 때
고양이 울음같이 돋아나는 삶의 발톱

모든 소리가 잠자리를 찾으면
고양이도 길에서 사라지고 없다
소리의 콧등이 개운하도록
고양이가 침묵을 핥고 간 아침
어둠이 들었던 새벽 바닥에
고양이 혓바닥 같은 햇볕이 지나가자
삶의 결정結晶이 소금처럼 맺힌다

체중계

그녀는 아침마다
복서처럼 체중계에 엄숙하게 올랐다
밤마다 각혈하듯 살을 게워 낸 몸이
심판대에 올라 형량을 기다리면
체중계는 까마득한 형기를 선고했다

그녀의 아침은 밤을 비우고 남은 것
비워도 아침은 밤보다 무거워
몽유병자처럼 체중계를 찾았겠지
굶주린 심판대는
거슴츠레한 눈으로 허기를 채우고

낮을 포식하는 그녀
낮의 향기에 나비같이 취할 때
몸 마디마디 앙상한 뿔이 돋는 줄도 모르고
낮을 온전히 밤의 제단에 바쳤다
뿔은 몸 안에서 닫힐 때마다
닳은 서랍같이 삐걱거렸다
살의 각질이 떨어져도
뿔은 날름 먹고 자라

형기는 좀처럼 줄지 않았다

낮을 삼켰다 밤에 게워 내는 그녀
그녀의 계체량이
복서의 정신을 잃어 버린 날
뻘은 밤까지 차오른 낮을 팽팽하게 당기다가
그녀를 밤 저편으로 튕겨 내 버렸다
그제야 체중계는
삶의 먼지 잔뜩 뒤집어쓴 채
남은 형기를 제로로 만들었다

국민 체조

텔레비전에서 추억의 흑백 다큐멘터리를 본다
땡볕 아래 운동장에서는
구령의 리모컨 따라
아이들이 건강에 좋은 매스게임을 펼친다
정신이 햇빛을 받으며 쑥쑥 커 간다
구령을 독려하는 음악
구령 뒤엔 늘 아름다운 음악이 있지
동작이 민첩해진다
조회대로 전달된 명령이
아이들 동작에 흥을 돋운 것이다
부동자세가 없는 건
율동에 빈틈이 없기 때문
입이 내리는 지시는 분절성을 가져
동작마다 절도가 있다
아이들 얼굴에 웃음기가 사라졌다고
체조의 보람을 의심하지 말자
운동장에서 그늘이 사라진 것처럼
운동 효과의 의심이 걷혔다는 뜻
아이들 정신에 복종이 피어난다
매일 아침이면

믿음의 키가 한 뼘씩 자라 있었겠지
모든 의심이 탈탈 털리는 뜀뛰기 때
나도 자리에서 벌떡 일어나
몸에 익은 운동을 따라 한다
따로 놀던 몸 마디마디가 그새 하나 돼
나는 복종의 가슴에 손을 얹는다
숨 고르며 일련의 동작을 마치는데
내 왼 가슴이 찌릿찌릿 저려 온다
빌어먹을 독재자 같은
내 유년의 국민 체조

프로크루스테스*의 침대

구부정하게 난 강가로 가니
남자가 나를 집으로 초대했다
그의 외딴집은
주인처럼 낡았으며
방 안에 덩그러니 놓인 침대는
차갑게 삐거덕거렸다
그와의 시간도 삐거덕거렸다
침묵을 침묵답게 하기 위해
대화를 시도했을 때
그가 난데없이 나를 침대에 묶었고
내 입엔 재갈이 물렸다
그는 불통의 책임을
내 걸음걸이에 넘겨씌웠다
앞섰다고 다리를 잘랐다가
뒤섰다고 다리를 늘였다

나는 이제 자리에 누울 때마다
섬뜩한 꿈을 꾼다
다리는 늘 저렸고
다리를 펴려 하면

잠을 잘 수 없었다

외고집의 프로크루스테스같이는

결코 늙지 않을 것이다

녹슨 생각들만 찌르르 흐르는 강가로는

다시 가지 않을 것이다

* 프로크루스테스Procrustes : 그리스 신화에 나오는 노상강도.

팝콘 브레인*

불쑥불쑥 튀어나오는 힘들은
사탕의 다디단 폭력을 가졌지

평온하게 펼쳐지는 야구 경기를 보며
선수들의 일상을 궁금해할 때
딱 소리로 터지는 홈런이 그렇듯
차분한 텔레비전 마감 뉴스를 보며
그날 앵커의 기분을 저울질할 때
짜릿하게 뜨는 속보가 그렇듯

내 하루는 죽어 가면서
매 경기 득점 장면만 추려 보고
뉴스 채널 따라 리모컨을 돌린다
자주 찾는 사이트에 접속하면
팝업 광고들이 사탕처럼 튀어나온다
순간순간 가슴이 덜컥 내려앉지만
아무렇지 않게 맛있는 힘들을 읽는다
나는 이제 단물이 다 빠지기 전에
사탕의 힘을 톡 깨물어 먹을 줄 안다
곧 더 달콤한 힘들이 튀어나와

입 안에서 색색으로 녹으리라 믿을 때
내 죽은 오늘이 익사체같이 떠오른다

내일의 시간을 충전하는데
단맛이 역하게 올라온다
나는 발기勃起의 힘을 믿지 않기로 한다
곳곳에 설치된 최신식 자판기에서
또 사탕들이 줄줄이 튀어나오나
체크 박스에 V 표시를 한다

오늘 하루 열지 않기
다시는 보지 않기

* 팝콘 브레인popcorn brain : 뇌가 첨단 디지털 기기에 익숙해지면서 현실에 무감각해지
  거나 무기력해지는 현상.

철길 옆의 집*

뚝딱거리는 소리 들리더니
내 옆에 철길이 놓였다
신기루처럼 일렁거리는 철길
기척 없이 소란스럽고
차갑게 달궈져 있다
사막에서의 낙오는 순간이다
나는 배경에서 정물이 되고
철길 옆의 집 한 채로 남는다
개발 시대에서 뚝 떨어진 집
내겐 더 이상 사람이 살지 않는다
사람 없는 집은 고풍스럽다

시간의 침목이 촘촘히 깔려 있다
내 몸 어딘가에 새 창을 내야
깃발도 등불도 보일 것 같다
나는 건축 양식을 잊은 집
기차들이 언제 수없이 지나갔는지
철길은 점점 들썽거린다

나는 철길에 매여 옴짝달싹할 수 없다

철길 옆의 집은 쉬어 가지 못하므로

폐가가 되기로 한다

침목이 몇 개 빠지면

하늘은 말갛게 닦일 수 있을까

파리한 해가 창을 두드리다 돌아갈 때

내 몸에서 길 잃은 바람 소리 들린다

* 철길 옆의 집 : 미국의 사실주의 화가 에드워드 호퍼의 1925년 작품.

대머리 공주*

— 반시反詩

성 밖에 사는 사람들 집으로 간다
사람들은 무료한 대화를 나누다가
내게 대뜸 성안의 사정을 묻는다
나는 성 밖의 사람인데
그들은 성을 궁금해한다
대화의 코가 성겨
화제가 바람처럼 빠져나갈 것 같다
공주는 잘 있을까
내가 불쑥 공주의 안부를 묻자
누군가 그녀의 똑같은 삶을 말한다
슬프고 아름다운 동화도 들려준다
나는 왕이 없는 성을 걱정하고
그들은 내 쓸데없는 걱정을 걱정한다
내가 입을 다물려 할 때
괘종시계 소리가 연달아 들린다
시간이 엉켜
내 귀에 탈이 있는 것이라 생각한다
나는 귀도 닫고 신문을 읽지만
도무지 알 수 없는 것이 있다
공주는 아버지를 잃었을 뿐인데

신문은 왜 그녀의 근황을 전하는가

대화가 신문 기사처럼 나란할 때

사람들의 고함이 오간다

하루가 평온하게 반복되고

나는 또 공주가 사는 성을 걱정한다

* 대머리 공주 : 루마니아 태생의 프랑스 극작가 E. 이오네스코의 작품으로서 '반희곡反
  戲曲'이라는 부제가 붙은 부조리극 '대머리 여가수'를 패러디 한 제목.

청문회

텔레비전에서 청문회를 지켜본다
어제와 다를 것이라 기대하진 않았으나
무대에서는 통속극이 되풀이된다
플롯은 익숙하고
캐릭터는 뻔하다

괴이한 피카레스크*식 극
대사는 주인공의 몫인데
주인공 아닌 주인공이
수다스럽게 극을 이끈다
인물은 한 무리에서도 튄다

가짜 주인공은 악하다
반동 인물이 점잖게 맞서 보지만
시청자들 눈을 사로잡는 것은
모험적인 주동 인물이다
속절없이 빠져드는 블랙 코미디

청문회를 재방송까지 챙겨 본다
어제와 다를 것 없으나

재미는 물리지 않는다

가짜 주인공은 위선적이고
진짜 주인공은 과묵하다

진실 따위는 있을 것 같지 않은 밤
나는 슬픈 재미를 곱씹는다
가짜 주인공이 내일 펼칠 활약을 기대하며

* 피카레스크picaresque : '악한'이라는 뜻의 에스파냐 어 '피카로picaro'에서 온 말.

말무덤 言塚

가슴에 묻어야 할 말들이 있다
내 입은 위험한 우물
나는 얕은 말들을 길어 올린다
네가 맛볼 것 같아
우물을 메우고
가슴엔 봉분을 만든다
고요의 풀이 돋아날 것이다
죽은 소리들을 퍼뜨릴 거라면
침묵의 집에 살아야 하지

웃자라는 풀을 뽑는다
군마음이 무뎌진다
너는 무덤가에서 귀 기울이지만
내 말들은 성대를 잃었다
너는 모르지
뾰족한 소리를 들으면
네 입에 독이 오른다는 것을

소리의 날을 갈지 몰라
침묵을 봉긋 쌓는다

나는 종종 무덤을 찾는다
네게 말할 수 없어
몰래 쓴 말무덤
잠잠한 바람의 묘석만 세우니
더는 내 무덤가를 기웃거리지 마라

오래된 여관

막차를 놓쳐 찾은 터미널 뒤 여관
나는 저녁도 놓쳐 밤과 함께 묵는다
낯선 하루하루가 말없이 묵었을 집은
가끔 지나는 고양이 발소리에 깰 뿐
게으른 선잠에 빠져 있고
집만큼 허름한 얼굴의 주인은
반색하며 내 낯을 읽는다
방은 터미널로 향해 있다
나처럼 밤눈 어두운 낮이
길 따라 찾아오길 기다렸다는 듯
퀴퀴한 몸을 씻지 않고 있다
뜨내기 손님의 어눌한 혼잣말보다
풋사랑 남녀의 성마른 체위보다
하룻밤 공치는 날이 익숙했을 방
주인이 자지 않은 이유는
낮으로 몸을 던지려는 방에
손님을 들이기 위해서였을 것이다
나는 시간의 집에 발이 묶인 유형자
하루를 뜬눈으로 새우면
온전한 밤을 면회할 수 있을까

낮의 냄새를 뒤집어쓴 채 눕는데
바닥에서 죽은 말들이 피어오른다
나는 내 밤낮의 대화를 들을 수 있고
여관은 어제보다 새로워질 것이다

기러기 김씨

해마다 김씨의 목은 길어지고

다리는 짧아졌다

처자식들이 멀쩡한 계절에 바다를 훌쩍 건너자

그의 계절은 텅 비었고

둥지는 좁아졌다

세상이 얼멍얼멍 넓어져

또 다른 둥지를 둬야 한다는 걸 안 뒤

그는 목 길게 빼 기럭기럭 울었다

울음은 경계색을 잃고 보호색을 띠었다

붙임의 둥지가 빠듯해지면서

그는 웅크려 꼼짝하지 않았다

납작 엎드려 있을수록 걸음은 퇴화했고

둥지로 기어들어 와서도

어정쩡한 자세로 곧잘 누웠다

둥지도 선잠을 자

남모르게 탈출을 꿈꿨을까

그는 컴퓨터 한 대만 달랑 남겨 둔 채

모가 난 가전家電들을

하나씩 밖으로 내놓기 시작했다

익숙한 것들이 빠져나간 자리에

빗더미와 명세서가 들어찬 둥지
김씨는 날고 싶어 울었을 것이다
바다 건너 둥지에서의 소식이 끊겨
그가 기형의 기러기로 떠난 겨울날
컴퓨터 옆에 증인처럼 눈 뜨고 있던
목각 기러기 하나도
제 계절을 서둘러 떠났다

3부

길 위에 서다

군화를 신다

예비군 훈련 통지서의 명령을 받들어 묵혀 두었던 군화를 꺼내다 신발장 문을 열자 어두운 위계질서가 우르르 쏟아진다 안에서도 명령이 한창인지 질서의 단내가 난다 은밀한 내무반 군화가 제 임무를 안다는 듯 배 속에서 새로운 명령을 역하게 복창한다 내무반의 빡빡한 시계가 잠깐 멈출 때 다른 신발들은 규율에서 해방돼 기지개를 켠다 나는 신발들의 축축한 시간에 볕을 신긴다

군복을 입고 군화를 신는다 군화가 군복처럼 몸을 조인다 발을 집어넣으니 군화가 지레 군복의 계급에 움찔하며 뻣뻣해진다 익숙한 처세의 모습 바짓단을 구겨 넣으면 군화는 금세 입 벌려 명령을 삼킨다 군화의 후줄근한 목에 이내 풀기가 돈다 편안한 질서가 오간 것이다 군화 뒤축이 묵직하다

명령을 받들며 길을 나선다 해의 목소리가 쩌렁쩌렁하자 군복은 바짝 졸아들고 주머니 속 어둠을 호령하던 군모도 차렷한다 군화가 납작 엎드려 길의 질서를 살핀다 곧 정색하며 바닥의 정서를 착착 진압하는 군화 나는 규율을 기억해 군화의 당당한 보무를 방조한다 이 아침 무심코 성큼성큼 바닥을 짓밟는 복종의 관습이 불편하다

여름

여름 참 탱탱하다
햇볕이 익히면
소나기가 헹구니

토끼는 없다

내가 알던 토끼는 없었다

나보다 늘 한발 앞서 가던 짐승 뒤를 쫓다가

나는 내가 이길 수 없는 동물이란 걸 알았다

말귀를 잘도 알아듣는 짐승은

내 뒤집지 못하는 이름을 독려하며

바짝 붙어 따라오라고만 했다

달리기 경주를 먼저 제안하지 않았으니

이것은 불공평한 경주

학교에서 배워 온 거북이걸음으로는

토끼의 눈부신 뜀박질을 따라잡을 수 없었다

등에 길마처럼 얹힌 성실의 딱지를

내가 언제 훌러덩 벗어던질지 몰라

밤낮 선잠을 잔 걸까

어느새 결승선을 향해 가는 짐승

내가 경주를 멈추지 못해 움츠러들었을 때

토끼는 제 불필요한 귀를 떼 냈다

대신 외고집의 뿔이 돋기 시작했다

나는 이제 우화寓話를 믿지 않을 것이다

토끼가 지름길을 아는 한

나는 추월을 곁눈질하지도 않을 것이다

제 허덕거리는 소리를 듣지 못하고
쏜살같이 결승선을 통과하는 짐승
내가 모르는 짐승이
내 부끄럼을 전리품처럼 내놓은 채 으쓱대고 있다
들불처럼 세상에 번지는 토끼뜀
토끼의 쉼 없는 꾀를 잘근잘근 씹어 먹고 싶다

소설가 무명씨의 하루

우리 동네엔 소설가 무명씨가 살아

무명이지만 유명 인사지

유명 인사는 오후가 돼야 슬렁슬렁 나타나

최신식 이야기보따리 하나 메고

큰길 건너 카페에 들어서지

늘 앉던 자리에 앉으면

종업원들 인사가 이어져

무명씨는 히죽거리며 답례하지

답례품은 콧수염의 우중충한 비상飛翔

콧수염엔 비밀이 있어

생각을 먹고 자란 것이라

현실과 초현실 사이에 커튼이 됐지

조잘대는 것과 큼큼대는 것 사이 말야

유명 인사의 생각은 아무도 읽을 수 없어

생각은 콧수염으로 읽어야 해

다 식어 빠진 커피를 마실 때

무명씨는 최면 걸듯 콧수염을 어루만지지

보따리에서 퀴퀴한 어제를 꺼내려는 거야

오늘이 게으르게 기지개를 켜지만

무명씨는 새로운 이야기를 모르지

하루가 늘어지는 건

자신도 커튼의 생각을 종잡을 수 없어서야

가끔씩 창밖을 훔쳐보면서도

커튼 안은 들여다볼 수 없나 봐

무심코 턱을 어루만지는데

턱엔 커튼이 없어 다행이야

사람들이 콧수염도 몰라주면

유명 인사는 불끈해 공친 하루를 닫지

무명씨는 어눌한 이야기꾼

무명씨는 내일을 예약하며 돌아서

종업원들 눈길이

등에 끈끈한 알을 스는 것도 모르고

송어회

물길을 기억하며 펄떡거리던 송어의 살점을
나는 도무지 날로 꿀꺽할 수 없다
행여 그 몸짓을 맛보고 싶거든
살점을 잘근잘근 씹을 때
입에 오르내리는 송어의 기억을
젖은 길로 방류해 보자

살점을 목으로 넘기기 비렸다면
어느 고기잡이의 삶이 불현듯 떠올라서일 것이다
산란기 송어처럼 포구 여울에 앉아
해진 그물의 코를 하나하나 낳다가
그물로 키운 자식 생각에 어깻숨 몰아쉬던 아비
뭍으로 간 지 오래인 자식이
물길을 잃고 허방에서 허우적거리는 몸짓을
아비는 그물뜨기처럼 손에서 놓지 못했을 것이다
송어와 자식의 엇갈린 물길을
아비는 한 코 한 코 서럽게 엮었겠지

송어회를 보면 울컥해진다
송어의 그악한 기억이 한 점 한 점 널려 있으면

싸한 혀 때문에 입 안이 비릿해지던 일
자식을 기다리는 아비의 그물코에
구시월 바람이 시큰하게 드나들 때마다
내 눈앞엔 송어 한 마리씩 걸렸겠다
기억의 단면을 어슷하게 떠내는 회칼도
나는 차마 빤히 쳐다볼 수 없다

제비 떠난 뒤

회로처럼 뒤엉킨 도시 한 귀퉁이에 새들이 세 들어 살기 시작했다 눈길도 들어가기 빠듯한 초가草家에 한 쌍의 새는 찢긴 꽁지들을 다 들여놓지 못했다 집주인의 완고한 눈길은 임대차 계약처럼 강팍했겠지 간신히 노숙의 한시름을 놓은 집 제비들은 헐거운 현실에서 퍼덕거리며 여름 한철 공중에 얹혀살았다 공동共同의 사각死角에서 모성을 품고 집주인의 푸대접도 품은 새들 어린것들은 젖은 날개를 접을 새 없던 어미 가슴을 연방 후벼 팠고 가파른 비행飛行에서 막 돌아온 아비는 어린것들에게 약자의 처세를 가르쳤다 가끔씩 들리는 악다구니로 초가에 금이 갈수록 어미와 아비는 헤뜨며 서럽게 부둥켰다 그러던 새들이 소리 없이 짐을 쌌다 집 턱밑까지 차오르던 텃세에 한 어린것이 추락하고 난 뒤 잠깐 풍장을 치르던 새들은 오던 길로 망명하듯 날아갔다 어쩌면 예정된 수순이었을지 모르나 천적의 마음까지 품으려 한 순례였기에 나는 이르게 떠난 새들의 빈자리가 눈에 밟혔다 다시는 못 볼 것 같아 켕기는 객식구 마음이었을까 나는 이제야 폐가처럼 퇴락해 가는 집 아래에 빗더서서 새들이 저릿하게 갔을 길을 따라가 본다 공한지 같은 하늘엔 지상地上의 전세난을 비웃듯 구름 한 점 끼어 있지 않다 새들 삶이 무단 철거된 지 막막한 시간 계약 기간이 한참 남았어도 새들이 미련 없이 훌쩍 떠난 집엔 사람들 허세만 거미줄처럼 잔뜩 뒤엉켜 있는데

울음의 기원起源

하루가 폐경을 맞는 시간
발을 헛디뎌 펄에 오른 폐선같이
허수아비가 실어의 늪에 빠져 있다
침묵의 뿌리를 내린 채
떠도는 말들을 물리친 지 오래
울음만 앙상하게 솟아 있다
가슴에도 성대가 있다면
울음은 결절의 소리일 것이다
바람이 뼈를 묻으려다 체념할 때
폼페이* 사람들의 일그러진 최후가 보인다
새들은 잔인해서
뼈에 남은 소리의 살점까지 찾는가
어쩌면 새들은
부러진 말들을 세우려 했을지 모른다
낯익은 바람이 돌아오더니
허수아비의 마른입을 적시려는 듯
허공에 잠깐 물무늬를 그린다
나는 울음의 기원을 생각한다
저 오래된 침묵은 언제 입을 닫았을까
뼈마디마다 가다듬던 소리들이 감겨 있다

문명의 물가에서 떠밀린 외로움

하늘도 입을 닫자

허공에서 차가운 입 냄새가 난다

* 폼페이Pompeii : 이탈리아 남부 나폴리만 연안에 있던 고대 도시.

달빛을 훔친 그림쇼*를 위한 마티에르

불꽃같은 노동을 폐 깊숙이 들이마시던 산업 혁명이라
대영 제국의 해는 좀처럼 지지 않았을 거야
혁명이 밤을 착취하며 불타올랐던 시간
누군가는 해의 목에 방울을 달아
쉼 없이 돌아가는 혁명의 톱니바퀴를 멈춰야 했겠지
프로메테우스의 원죄를 탓할 순 없어
하늘 불씨가 스스로 꺼지기를 기다려야 했을 때
불꽃의 그늘에서 휘발하던 사람들 표정을 붙잡아
캔버스에 정물로 살린 그림쇼

그림쇼는 불꽃을 식히는 연금술로
세상에 늑신한 안식을 돌려주려 했던 거야
매캐한 시간에서 기름내를 빼내
불꽃과 불꽃 사이 안식의 역驛으로 놓인 밤에
귀갓길을 사박사박 걸을 수 있는 것

그림쇼는 사람에게 집을 찾아 주려 했던 거야
촉촉한 우무雨霧로 열기를 거르고선
은빛 보름달에 그은 성냥으로
양초처럼 늘어선 집집이 불을 붙인 것

집 밖으로 새 나온 빛에 구부렁길이 보이고
가로등에도 하나둘 노란 불이 번지면
사람들이 야경夜景에서 사라져도 좋은 것

불꽃과는 온도도 습도도 다른 불빛이었지
해의 쌈지에서 달빛을 훔쳐
밤을 금싸라기로 바꾼 그림쇼
그림쇼가 달빛에 홀린 거라 해도 달라질 순 없어
노동의 양감은 죽이고
안식의 질감은 살려
단내로 다 탄 가을날의 나뭇가지에도
불빛을 환하게 매달아 놓았으니까

* 그림쇼 : 존 앳킨슨 그림쇼. 일명 '달빛 화가'로 불리는, 19세기 영국 빅토리아 시대
  의 화가.

꼬막

물 빠진 겨울 여자만*에서
바람이 쌩하게 갯벌을 할퀴고 다니면
잠귀 밝은 아낙들은
널배에 사뿐 올라
갯벌의 시린 가슴팍을 만진다
허리까지 푹푹 빠뜨리는 삶이 짠해
반듯하게 쉬던 나주평야가
간밤에 육풍 타고 온 걸까
여자만 벌판이 간간히 젖어 있다
바다는 갯벌을 버리지 않아
칼바람만 이따금 투덜거리는데
한 다리는 배에 디뎌 뭍을 닮고
한 다리는 펄에 담가 물을 닮는
남도 아낙들의 중심 잡힌 항해
폐선도 폐그물도 모른다며
아낙들은 바닥에서 쉼 없이 노를 젓는다
내일을 캐느라 중심에 옹이가 박혔겠지
무르팍에 오늘이 사무칠 때쯤
빛발같이 좌르륵 쏟아지는 꼬막
바구니마다 차오른 바다 속내를

바지선 뭍의 귓전까지 전하자

싱그러운 토속이 달그락거린다

하루가 황금빛 장화를 신는 시간

아낙들 중심의 무게가 저울에 달릴 때

아낙들 주름이 반반히 펴진다

* 여자만汝自灣 : 전라남도 여수시 화정면 여자도를 중심으로 보성군 · 순천시 · 여수시 ·
  고흥군으로 둘러싸여 있는 내해.

풍어

도전적인 여름 바다에서는
바다에서 뭍으로 바람이 분다
씨름 한 판 벌이자며 바람이 포구를 들썩거릴 때
고깃배는 제 무게를 줄여 바다로 향하고
모래를 머금은 계절풍 지대에
풍어의 꿈이 떡하니 황소상처럼 서면
한 며칠 팽팽한 기 싸움이 펼쳐진다
배가 맞바람의 샅바를 불끈 잡을 때
가끔 끙 하는 기합 소리 들릴 뿐
한동안 어깨싸움이 물꽃을 튀긴다
서로 먼저 드러눕진 않겠다고
기를 쓰며 뻗대는 씨름판
쇠고집으로는 이기지 못해 답답했는지
바람이 먼저 집채만 한 성을 버럭 내면
어부는 바람의 빈틈을 노려
송송한 그물의 힘을 바다에 던진다
바람이 뱃전을 뜸베질하다가
제풀에 쓰러져 씩씩거릴 때
어부 얼굴엔 장사壯士의 환호가 번진다
풍어를 갖고 꽃가마처럼 개선凱旋하는 배

어부가 밧줄을 그물같이 던져
말뚝에 하루 매듭을 야무지게 짓자
그새 몸기운 낮춰
갑판에서 음전하게 팔딱거리던 바람도
만선에서 함께 내려 하루쯤 묵어간다

이방인

저것은 도시의 독재에 대한 필리버스터*
여름 회기 중에
매미들이 열변을 늘어놓는다
매미들에겐 초록의 당黨이 있다
초록은 소수당이라
소리엔 울음이 섞여 있다
도시와 초록은 대치 중
도시의 당론에 충실한 사람들은
열변의 매미에게 눈 부릅뜬다
힐난이 쏟아지나
나무를 떠날 순 없었겠지
매미에서 매미로
열변은 계속되고
필리버스터는 길가에 낱낱이 중계된다
나는 한낮의 뫼르소*
여름에 휘말려
소리가 따갑게 닿는다
매미를 죽인다
혐오의 방아쇠를 당긴 건 태양인데
내게 무슨 잘못이 있는가

나는 태양을 응시하는 이방인

여름도 죽고

비구름이 구경꾼들처럼 몰려들 테니

축축할 사형장으로 어서 가야지

* 필리버스터filibuster : 의사 방해議事妨害.
* 뫼르소 : 프랑스의 작가 알베르 카뮈의 소설인『이방인』의 주인공.

스턴트우먼

그녀는 하루하루 스턴트를 해
길 위에 혐오의 세트장이 서고
사내들 눈이 부릅떠지면
사나운 힘들과 부딪쳐야 해
위험한 촬영이 시작되는 거지
길바닥 영화는 남성적이야
누구든 거친 연기에 길들여져야 해
이 바닥에서 가녀린 배역이란 없지
상처투성이로 남은 여자
아픔이 익숙해질 때까지
사내들과 아찔한 호흡을 맞춰야 해

그녀는 하루하루 아슬아슬한 외출을 해
촬영장엔 보호 장비가 없지
그녀가 비명을 질러도
사내들은 눈 깜짝 안 해
가녀린 마음들만 알아줄 뿐
곧 잊히고 말지
밤낮없이 제작되는 필름 누아르
참 이상하지

그녀는 죽어야 여자가 되니

지금 또 한 여자가 길을 나서고 있어
더는 발기勃起된 눈으로 바라보지 마

자클린 뒤 프레*

어스레한 저녁 골목길
어느 집 담 너머에서 첼로 소리 들린다
객석은 비좁고 관객도 없는데
소리는 담장을 간신히 넘는다
배경과의 불협화음이 초대했을까
몇 줄 갈라진 골목길을
나는 켜는 활처럼 더듬적거리며 찾았고
연주자는 쓸쓸한 독주를 계속한다

소리가 격정적으로 끓어오를 때
나는 문득 자클린 뒤 프레의 삶을 떠올린다
휠체어 무릎에 의지해 칩거하다가
놓친 활처럼 연인*에게 버림 받은 뒤 프레
소리는 틀어막은 입에서 나오듯 들린다

어느 골목집이든 자클린 뒤 프레가 살리라
아픔이 재발해도
뜨거운 음색을 붙들고
박제가 돼 갈수록
선율로 가슴을 켠 뒤 프레처럼

골목골목엔 사람들이 꿋꿋이 살아가리라

희망도 낯선 곳에선 헤맬 수밖에 없다

현대의 다발 경화증*에 걸려

옴짝달싹 못 하는 골목 풍경

요절하듯 첼로 소리 뚝 끊겨

연주자의 아픔이 느껴지는데

뒤늦게 따라온 석양볕이 여운을 찾는다

골목의 안녕한 하루를 위해

* 자클린 뒤 프레 : 영국의 첼리스트.
* 이스라엘의 피아니스트 겸 지휘자인 다니엘 바렌보임.
* 다발 경화증多發 硬化症 : 중추 신경계 질환으로 뇌와 척수에 걸쳐서 작은 탈수脫髓 변화가
    되풀이하여 산발적으로 일어나는 병.

장의자

교회 앞 외진 길에
쉴 자리로 놓인 장의자 하나가
오래된 말들을 깨우며
더러는 새로 앉았을 말들도 일으키고 있다
무게는 달라도
말들은 다 가슴에서 터져 나왔을 것이다
앓아 온 뜻들이
양 떼같이 다가붙어 앉으면
의자도 말의 자세처럼 단단해진다

난 자리 몰래 감추고 나와
뜨거운 응답의 자락 펼친 의자
마른 허공을 들추던 바람이
의심의 먼지를 일으키자
낮볕이 바람을 다독거린다
쭈뼛하던 뜻들이
소리 내 두 손 모았을 때
의심의 시간만큼 헐벗어 왔어도
의자는 말들을 하늘로 올렸겠지

>

한데에서의 공생애를 말없이 마친 의자
언젠간 몸 낮춘 말들 새 부대에 담아
다시 제자리로 들 것이다
자디잔 의심들 훌훌 털어지면
하늘을 따르는 햇살처럼
본당 안으로 또 몰래 들리라

아코디언

아버지가 갈비뼈를 폈다 접으며
아코디언을 연주한다
풍작이면 늘어났다가
흉작이면 줄어들었다가
비거덕 늘고 주는 가슴팍 주름상자로
처자식들에게 음악을 들려준다
아버지의 몸은 오래된 아코디언
복장은 바람통이 돼
역마살 낀 바람을 가득 들이고는
입으로 피식 바람 소리를 낸다
가슴에 이맛살같이 난 주름들이지만
주름상자가 활짝 펴질 때
아코디언은 알토란 소리를 내고
자식들이 자라 귀명창 되면
아버지의 음색은 달짝지근해진다
바람결 따라 조율된 아코디언
이따금 주름상자가 말을 안 들어
마디마디 인 박인 주먹으로
퍽퍽 두들길 때 있어도
한 번도 귀 닫은 적 없는 고향이 있어

어려운 하늘을 지그시 읽는다

몇 뙈기 농사가 화음이 된다

볕이 가파르게 내리쬐는 여름날이면

아버지의 경음악이 건들건들 울려 퍼진다

4부

광장으로

반디의 시위

반디의 아스라한 시위가 궁금했다
다 켜지 못한 불을 꽁무니에 붙이고
구경꾼도 야경꾼도 없이 시위하는 걸 보고서
짠한 현장을 그냥 지나칠 수 없었다
한여름밤의 이슬 같은 몸짓이라
그보다 뭔가 고결한 이유가 있으려니 생각했다

처음엔 저를 청정으로 내모는 결벽인 줄 알았으나
반디가 제 의식意識에서 불면하는 건
서툰 자의가 아니었다
대낮의 쇳소리가 총성같이 울리고
소리의 여백이 산그늘보다 넓을 때
반디는 제가 뿌리내린 숙면에서 깨
의식의 게토로 이주했다

사람의 퇴거 명령이 탈바꿈을 재촉하자
반디는 목소리를 키웠다
세상 이목에서 사라질 줄 알아도
날로 산란産卵하는 인적은 버틸 수 없었겠지
야박하게 반디들 간을 내먹던 차윤車胤*은

일찌감치 그 목소리를 읽었을지 모른다

외면의 우범 지대에서

내게 황달 같은 불을 켠 반디

내 발그레한 시선에 촛농이 떨어지는데

하루살이들의 가열_{苛烈}한 시위를 보면서도

손사래로 눈 가릴 수 있을까

이제는 두메 끝 벼랑으로 날아가

촛불을 살리는 반디

반디의 꺼지지 않는 의식이 궁금하다

* 차윤 : 가난하여 여름밤에 반딧불이를 모아 그 빛으로 글을 읽었다고 하는, 중국 동진_{東晉}의 학자.

혀짤배기 사관史觀

내 혀는 왜곡된 사관史觀을 가졌다
내가 오래된 진실을 떠올릴수록
혀는 거짓되게 짧은 소리를 냈다
한때 혀가 소리를 더듬던 것은
오래된 일을 잊으려는 연습이었을지 모른다
혓소리는 내 생각보다 일관되니
불분명한 발음을 탓하진 않을 테다
고집스러운 혀의 사관
내가 '드르륵드르륵' 총 갈기는 소리를 떠올리면
혀는 '드드득드드득' 이 가는 소리를 냈고
내가 '사랑'이란 말을 믿으면
혀는 엉뚱하게 '사당'이라 말했다
혀가 이치에 닿지 않을 때
나는 불필요한 제스처가 늘었다
삐딱한 혀의 사관
혀의 편향된 자세로
내 의사소통이 와르르 무너지기 전에
혀끝까지 생각을 전해
스스로 진실을 쭉 빼게 할 것이다
혀가 날렵해진다

이젠 말짱한 발음으로 진실을 말할 수 있을 것 같다

내 혀가 명쾌하게 조음점調音點*에 닿는 순간

진실의 혀에선 꽃향내가 날 것이다

마른 입 속에 침이 고이니

입바른 소리로 또 다른 진실과 입맞춤할 테다

달콤하고 끈적한 키스

서로의 입 속에

진실의 혀가 들락거리는

* 조음점 : 자음의 조음 위치와 관련된 기관 가운데 조음체(혀)가 접근하는 자리.

초

깨어 있는 자들은 알지
오르지 못할 것 같은 산을 오를 때
팔띠 두른 사람이 소리 높여 막아도
수굿이 뒷걸음질 치진 않는다는 것을
언뜻 눈 녹아 보이는 산을 오를 때
낙석보다 무서운 주의 푯말이 서도
그렁그렁한 눈으로 돌아서진 않는다는 것을

주먹 불끈 쥐는 일은
뜨거울수록 단단해지는 초를 들려는 것
파열의 목소리가 입막음할 때마다
잠꼬대같이 웅얼거릴 순 없어
목구멍에서 끓어오르는 침묵의 가래는
함성으로 시원하게 내뱉어야 한다는 것을
깨어 있는 자들은 알지

깨어 있는 자들은
부둥켜 뜨거워지려 할 때
정전停電의 물벼락이 쏟아져도
닫힌 서랍에서 다시 초를 찾아

기억의 심지에 불을 붙이지

깨어 있음은
초 하나 얼굴만큼 쳐들어
서로에게 약속을 보인다는 것
날숨이 깊을수록 불 활활 타오름을
약속보다 크게 믿는다는 것

깨어 있는 자들은 알지
캄캄한 방을 밝히면
차가운 광장도 데워질 수 있다는 것을

부정 교합

내 입 속은 불결하다
도무지 뜻을 같이할 줄 모르는
아래윗니의 대치對峙
생각들이 부딪치면서
입에선 냄새가 났다
어금니를 악물면
꼭 맞물릴 것 같다가도
생각은 금세 서로 어긋나고 말았다

내 입 속이 뒤숭숭하다
생각이 엇갈리자
들쭉날쭉한 잇바디처럼
말들도 험상궂게 줄을 놓기 시작했다
서로 다른 생각은 누렇게 굳어지더니
입 밖으로 바람 빠지는 소리를 냈다
나는 이제 세상을 온전히 씹을 수 없다

아래윗니가 앞자리를 다툴 때
등 뒤에 턱의 힘이 있다는 것을 알았다
턱은 생각의 틈을 벌렸고

턱의 생각이 불거질수록
말들도 고압적으로 튀어나왔다
핼쑥해진 내 얼굴

그러니 내 말을 믿지 마라
너에게 너무나 치명적인
내 입의 부정 교합

우울한 선거일

답을 뻔히 알면서
시험을 치르러 학교에 가는 것처럼
투표장 가는 길은 언제나 맥이 빠진다
투표는 내 것 아닌 생각을 새삼 마킹하는 일
한 번도 거른 적 없는 의식儀式이라
몸에 밴 생각은 나를 투표장으로 떼민다
투표장으로 가는 동안
어쩌다 의심이 머릿속에 툭 날아들어도
새로운 생각은 곧 맹목 밑으로 가라앉는다

선거일은 텅 빈 거리보다 을씨년스럽다
전날까지 냉담의 광장을 돌며
소리를 살포하고 간 사람들은 없는데
솔깃한 거리를 떠돌다가
사람들 귀에 채 수거되지 못한 소리는
무관심으로 들러붙은 벽보와 함께
공권력이 감쪽같이 거둬들였을 것이다

참관인들이 익명의 눈길을 보내는 투표장
나는 빤한 생각을 대충 접어 투표함에 넣고

거짓의 자기장에서 빠져나온다
부끄러운 인증은 생략한다

쇼핑 호스트의 번지르르한 말처럼
명함 속에 촘촘히 박힌 약력이
아직도 길에서 바닥 민심을 훑는 오후
나는 다시는 나를 지지하지 않기 위해
텔레비전 앞에 앉아 개표 방송을 지켜본다
선거 결과는 내 생각과 전혀 딴판일 것이다

아가미

떼로 물결치는 모습은 얼마나 아름다운가
벌룽거리는 아가미는 함성과 같아
물고기들은 굳이 입을 열지 않는다
나는 한 마리 파리한 물고기
외따로 뭍으로 간 뒤에
소리 죽이며 살았다
소리 내지 않을수록 숨이 가빴다

내 고향은 파도치는 바다
가끔씩 물선 바다에서
고래의 분수공이 열렸다는 소식 들리면
내 죽은 아가미가 들썩거렸다
내 그리운 바다도 꿈틀거렸다
입을 뻐끔거릴 때
바닷물이 밀려들며 아가미를 적신다

떼로 뭍을 찾은 고래들을 보면
내가 가야 할 길이 보인다
나는 부끄러워 바다를 찾고
오래 견디는 심해어가 된다

고래 배 속보다 깊고 캄캄해도
뭍으로 돌아가는 불은 피우지 말아야지
광장 같은 바다로 나가자
아가미에서 소리가 터져 나온다

여우와 포도

포도들이 단단해질 때 여우들이 모여들었다
몇몇은 포도가 제풀에 쓰러지기를 기다리며
꼬리 돌돌 말고 웅크려 있고
몇몇은 나무를 에워싼 채
발톱을 세우고 오르려 한다
열매들 단내에 짐승들이 웅성거린다
짐승들도 합심을 알아 나무를 공략한다
단내가 진동하자 안달하는 무리들

여우들 눈이 시뻘게진다
포도의 땀들이
여우들 주둥이에 뚝뚝 떨어지자
여우들 허기가 나무를 흔든다
포도들 단내는 쉽게 떨어지지 않는다

짐승들 얕은꾀는
열매들 굳은 속을 보지 못하지
고래 심줄보다 질긴 송이 힘도 알지 못하지
골난 여우들이 흙무더기를 쌓으면
포도들은 더 뜨겁게 부둥켜 땅을 향한다

>

"저 포도송이는 덜 익었거나 시어 빠졌을 거야."
나무를 올려다보던 여우 한 마리가
총구 같은 주둥이를 거두자
짐승들이 하나둘 나무를 흘기며 지나친다
짐승들의 어지러운 진자리

"네 이놈들, 다신 이 근처에 얼씬하지도 말거라!"

홍어 거시기

기상 악화로 한 치 앞도 내다보기 힘든 날이면
흑산도 심해를 날아다니던 홍어들은
기를 쓰고 사람들 오감 앞에 비상 착륙을 한다
본디 뼈 돋친 비행飛行을 즐기지 않아
기체 결함이 있는 것처럼 보여도
스텔스기 저리 가라 저공 비행해 온 것들이라
홍어들은 미끈한 날개로 지상에 유쾌하게 착륙한다

저것들 임무에 난관이 없었던 건 아니다
펄펄 나는 홍어들을 보이는 족족 떨어뜨리겠다고
중국제 싹쓸이 미사일이
바다 밑바닥까지 훑고 지나간 일도 있지만
레이더망에서 사라지는가 싶던 홍어들은
어부들의 레지스탕스에 동참하듯
끝내 코끝 찡한 모습으로 비행을 마친다

갑판이든 식탁이든
반드시 긴한 경로를 따라 안착하는 "이상 무!"
그게 바로 암만 잘라 내도 벌떡 서는 홍어 거시기다
행여 제 명성의 꼬리를 물고 늘어지는 일 있을까 봐

몸 끝에 투지의 깃대 두 개 나란히 달고서
영해를 밤낮 지켜 온 홍어들
세상이 제 매운맛을 알아주는 시간이면
탁주에 삼합으로 대민 지원 나서는 것들인데
그 시큰한 노고를 모르는 이들만이
저것들 거시기를
제 얄팍한 속 들여다보듯 홀하게 여긴다
만만한 건
홍어 날개까지 거세하려 드는
그놈의 밴댕이 소갈머리다

죽은 시계탑

봄날의 대학 캠퍼스 광장
시계탑 시계는 흙먼지를 덮어쓴 채
다섯 시 십팔 분에 멈춰 있고
축제의 시간표가 빠듯한데도
학생들은 시계를 쳐다보지 않는다
들뜬 현수막들이 펄럭거릴 때마다
탑은 세입자같이 구석으로 몰린다
죽은 시계탑 아래에선
가난한 표정의 노파가
영어 회화 학원 전단을 돌리고 있고
한옆에 쳐진 천막 안에선
봄볕을 피한 학생들 몇이
댄스 동아리를 알리기 바쁘다
시계가 죽은 줄 모르고
까르르 웃으며 지나치는 학생들
철거의 때가 닥쳐오나
아직 탑에서 기다리는 사람* 있으니
우리 부디 멈춰 버린 시간을 얘기하자
꽃들이 제 몸을 불사르며 지는 날
홀로 째깍거리던 목소리 기억하면

떠도는 소문 속에서도

탑은 시간을 찾아 되살아나리니

* 최덕수 열사.

스모크 온 더 워터*

봄날의 유행가가 끝나고
매미들이 무대에 오르자
익숙한 기타 리프가 흘러나오기 시작한다
도심의 공명통에서 울려 나오는 메시지
한데의 임시 무대라고는 하나
소리를 힘줘 되풀이할수록
관객들은 냉갈령으로 다음 무대를 쳐다본다
록 음악은 정말 죽어 버린 것일까
관객들은 좀처럼 머리를 끄덕거릴 줄 모른다
매미들은 침묵을 벗고
한낮의 증폭기에 디스토션*을 연결해
징징거리는 소리를 낸다
전자음 속주가 거리에 쩌렁쩌렁 울린다
풀 죽은 세상에 대한 저항일 테지
여름날에 기를 쓰고 매달린 절규
세상은 정말 록 정신에 귀를 닫은 것일까
한물간 판을 아예 산산조각 내려는지
하늘이 전자 회로에 투두둑 찬물을 끼얹는다
플러그 빠진 저항이 축 늘어진다
무대에 난입해 불을 지른 하늘

도무지 열정이라고는 찾아볼 수 없는 거리에

식은 말들만 헛헛하게 튀겨도

텅 빈 무대는

어느 배고픈 언더그라운드 록 밴드에게

한 시대의 소리 이끌 영감을 주겠지

잿더미 같은 물웅덩이 위에서

매미 울음이 연기처럼 아른거리듯

* 스모크 온 더 워터Smoke on the Water : 영국의 하드 록 밴드 '딥 퍼플Deep Purple'이 1971
  년에 음반 녹음 작업을 위해 스위스의 휴양지 몽트뢰의 '몽트뢰 카지노'를 찾았을 때,
  한 흥분한 관객의 실수로 음악 공연 중이던 카지노가 불탄 것을 목격하고 발표한 노래.
* 디스토션distortion : 기타 음을 찌그러뜨려 격한 느낌을 내게 하는 이펙트 장치.

1939년의 여름

그녀*는 다시 웃지 못했다
열일곱 꽃송이로 피었던 여름날
짐승의 말에 손목이 잡혀
대륙의 한 평 방에 갇혔을 때
꽃잎같이 들먹이며 울었다
칼바람에 열여덟 번째 꽃잎이 베였다

웃음을 짓밟힌 채
울음과 죽음의 경계를 넘나들던 그녀
하루가 국경으로 가는 길보다 아득할 때
말문이 닫히고
얼굴은 한 가지 표정만 가졌다
이름 잃은 몸에는 피멍의 꽃자리만 남고

욱일의 살기殺氣가 자욱하자
거짓 해가 뜨기 시작했다
매일 캄캄한 해가 떠올라
그녀는 아침마다 눈 질끈 감았다
뒤늦게 따라온 고향 생각만
시든 표정들을 들깨우고

>

박제의 얼굴로 돌아온 그녀
잃어 버린 표정들을 더듬어 본다
꽃자리가 아물면
웃음을 되찾을 것 같았겠지

1939년의 여름처럼
또 하늘에 먹구름이 끼던 여름날
그녀는 웃음 찾아 떠났는데
울음은 아직 그치지 않았다

* 만삭의 위안부인 박영심 할머니.

고래

고래는 끝내 올라오지 못했다

바다가 고래를 삼켰을 때
사람들은 쩍쩍 갈라진 가슴에 바닷물을 대며
아이들이 고래 배 속에서 나오기를 기다렸고
나는 기적같이 바닷길이 나기를 바랐다
아이들을 볼 수 없다면
고래라도 살아 있기를 바랐다

고래가 떠오르지 않자
나는 문득 바다가 의심스러웠다
꽃 같은 숨들이 가라앉았는데
왜 물둘레 하나 일으키지 않는지
고래가 헤엄을 치기 전부터
입에 재갈을 물렸던 건 아닌지

파도는 잠잠할 줄 몰랐으나
사람들은 바다를 탓하지 않았다
나도 바다에서 사나운 눈길을 거뒀다
아이들이 불을 피우고 있을 것 같았고

바다가 아이들을 토해 낼 것 같았다

뭍에서의 울음소리가 높아
바다가 숨을 고를 때
거대한 모습을 드러낸 진실
진실은 죽은 채 끌어 올려졌지만
아이들은 보이지 않았다

나는 끝내 진실을 보지 못했다

놀이터 유감

한낮이면 나무들이 꾸벅꾸벅 조는
우리 동네 놀이터
그 많던 아이들은 다 어디로 갔을까

이따금 볕과 바람이
모래밭 위에서 소꿉놀이할 뿐
놀이 기구는 자폐증을 앓은 지 오래다
학교 운동장도 진작 정물이 되었으니
아이들은 지금쯤 한길 위에 있겠지
어쩌다 부근 유치원 아이들이
선생 손에 이끌려 빈터를 찾아도
집 나간 놀이들은 돌아올 줄 모른다
선행先行의 학원 전단이
웃자란 놀이를 알릴 때마다
놀이터 한가운데 돋아나는 잡풀들

아이들 시간에 빨간딱지가 붙고
어른들 놀이 기구가 대신 속속 들어와
주민들 몸놀림이 나날이 유연해질 때
구석으로 몰리던 마지막 웃음소리는

풋내 탈탈 털며 집을 나갔다
바람이 늦저녁까지 남아도
늙은 놀이 기구는 삐거덕 혼잣말만 한다

한밤이면 시시 티브이도 선잠이 드는
우리 동네 놀이터
점점 목소리만 키우는 아파트 관리실 목에
누가 유감의 방울을 달 수 있을까

메르스*

보이지 않던 울타리에 말뚝이 서더니
입에서 입으로 불신이 전해졌다
불신은 고열을 앓았고
고열은 헛기침 섞인 마른기침을 했다
경계境界에 검문검색이 있자
우리는 낙타의 행방을 수소문했다
의심은 산더미처럼 쌓이기 마련이어서
사구砂丘를 등에 진 낙타에게서
불모의 생활을 캐묻고 싶었을 것이다
다를 것도 남을 것도 없는 사막인데
낙타가 사라지자
우리는 아무것도 말하려 하지 않았다
입에 재갈이 물린 여름
불신이 역병같이 번질 때
의심의 기원起源을 찾아보지만
사막이 아닌 땅에선
거짓의 기운만 아른거린 채
진실의 샘은 솟아오르지 않는다
수많은 입김들이 의심을 뿜어내는 땅
마스크는 동나 숨이 가쁘고

낙타는 돌아와 투레질을 하는데
우리 진실의 호흡기는 지금 안전한가

* 메르스MERS: 중동 호흡기 증후군.

수족 냉증

밖은 불통의 나라
세상이 흐리멍덩한 소리들로 꽉 막혀 있을 때
나도 비겁한 파자*만 내뱉자
불현듯 내 몸이 고열로 달아올랐다
이마를 짚어 보니 심장의 주문注文이다
심장이 하는 말은 또렷해
온몸에 열이 들불처럼 번졌으나
말은 몸 구석구석까지 퍼지지 못했다
불통의 수족이 된 내 손발이
귀를 막고 돌아선 것이다
나는 내 말을 온전히 전하지 못하는 사람
뜨거움은 심장의 이념이니
나는 한때 펄펄 끓었던 것을 혁명이라 믿는다
열꽃같이 남은 혁명의 기운을 더듬는다
심장의 입에선 아직 단내가 나지만
손발이 또 말길을 걸어 잠근다
차가움은 죽은 몸이 받드는 이념
나는 맥이 뛰는 이의 손을 맞잡을 수 없고
냉담하는 이의 손을 덥석 잡을 수도 없다
죽은 몸에 입김을 불어 본다

손발은 시큰둥해도

맥은 내 몸 끝을 향해 팔딱거릴 것이다

심장이 다시 혁명을 말하는지

느른하던 몸에 혈색이 돈다

* 파자破字 : 한자의 자획을 쪼개어 둘 이상의 한자로 나누는 일. 또는 그렇게 나뉜 한자로
  전혀 다른 의미를 이끌어 내는 문자 유희.

광장으로 불러 모은 측면의 언어들

최은묵 시인

광장으로 불러 모은 측면의 언어들

최은묵 시인

    파편화가 만든 예리함은 낯설고 그것은 새로운 소리를 수반한다. 조각의 이미지가 심상과 맞물릴 때 발생하는 마찰음은 적잖은 떨림을 일으킨다. 이때 원형의 사물과 깨진 사물이 내는 소리는 전혀 다르다. 어울릴 것 같지 않은 소리들이 세계를 이루는 순간 그들은 언어가 된다.

    그러니 시인의 역할은 본래의 이미지가 지닌 소리를 복원하는 일이 아니라 파편들이 일으키는 새로운 소리를 조합하는 일일 것이다. 완성된 이미지를 쪼개고 나누어 만든 퍼즐이어도 좋고, 개개의 독립체로 존재하는 사물들이 모여 새로운 이미지를 완성하는 것도 상관없다. 흩어지고 모이는 과정에서 발생하는 진동은 고유하며 그 파장의 영역을 채색하는 일은 오로지 시인의 몫이기 때문이다.

    조각난 사물들의 목소리가 모이는 곳을 '광장'이라 부르기로 한다. 김완수 시집 『꿈꾸는 드러머』는 시공간을 넘나들며 호명

한 사물을 광장으로 모으고 있다. "시인의 말이 뜨거워야 하는 것이라면"(「일용할 시」) 김완수 시인은 광장의 언어들을 자신의 몸으로 투과시켜 뜨거움을 얻고자 한다. 그것은 마치 박자를 잡아주는 드럼처럼 제 몸을 두드려 세상의 메트로놈의 역할을 담당하려는 몸짓과 흡사하다.

타악기가 내는 소리는 비명보다는 신음에 가깝다. 김완수는 낮은 곳을 더듬으며 깔리는 소리에 귀를 기울인다. 이런 소리는 프레임 바깥에 주로 있어 정면이 아닌 측면의 삶을 떠올리게 한다. 자의와 상관없이 타악기가 되어버린 삶들이 광장에 모이면 스틱을 잡고 그들의 신음을 맘껏 연주하는 시인 김완수, 그가 바로 『꿈꾸는 드러머』다.

드러머는 드리머

록 밴드가 급속한 안구 운동을 하면

나는 꿈꾸는 멤버들 가운데서

드러머부터 찾는다

기타가 소리 숲을 만들고

보컬의 노래가 메아리를 만들 때

멤버들은 무대 앞으로 나서지만

내 드러머는 제자리를 지킨다

드러머의 꿈은 내향적이어서

무대 뒤에서 밴드의 꿈을 두드린다

보이지 않는 꿈일수록 단단한 법

어둑한 숨소리로 멤버들을 떠밀면

숲 속엔 함성의 불이 켜진다

두드림은 흥을 살리는 최면

드러머의 꿈에서 구슬땀이 흘러내린다

드러머의 팔뚝에 포효 같은 힘이 솟는다

리듬이 죽은 소리를 베어 낼 때마다

숲이 고갯짓으로 넘실거린다

숨 쉬는 박자가 척척 맞는다

시근시근 꿈꾸는 사람들

드러머는 꿈 깨지 않는다

드러머는 드리머

— 「꿈꾸는 드러머」 전문

　무대는 광장과 비슷하여 무대가 갖는 확장성은 의외로 크다. 관객들은 밴드의 전면에 선 보컬에 눈길을 준다. 정면은 언제나 주목의 대상이다. 하지만 정면을 추구하는 세상에서 후면이나 측면의 소리를 응시한다는 건 시인이 가져야 할 덕목일 것이다. "꿈꾸는 멤버들 가운데서/ 드러머부터 찾는" 감수성은 세상의 측면을 바라보는 행위가 오래 누적되었음을 반증한다. "무대 앞으로 나서"는 멤버들과 달리 "무대 뒤에서 밴드의 꿈을 두드"리는 드러머. 그의 위치가 겉으로는 조연일지라도 드러머가 두

드리는 비트가 음악의 메인 리듬이라는 사실을 모르는 사람은 없다.

드럼은 공기를 진동시켜 관객에게 울림을 전한다. "보이지 않는 꿈일수록 단단한 법/ 어둑한 숨소리로 멤버들을 떠밀면" 비어있는 부분이 꽉 차오른다. 파장은 연주자와 관객을 연결하며 그때 그들은 하나의 음악이 된다. 이것은 시에서도 마찬가지다. 시인은 사람들의 이야기를 두드리는 드러머이고, 김완수 시인이 드러머의 '위치'보다는 "꿈"을 두드리는 '역할'에 주목하고 있다는 점은 이 시집에서 의미 깊게 살펴볼 부분이다.

시집 전반에 깔린 "꿈"은 사물을 응시한 시인의 이데아에 맞닿아 있다. "비겁하게 한 시대를 건너뛰고 싶지 않"(「이집트」)다는 고백은 그래서 중요한 단서이다. "건조물을 쌓아 올린 사람들의 한숨 섞인 꿈이/ 영생의 주문(呪文)보다 화창하게 풀릴"(「이집트」) 세계란 "이집트"로 비유된 시적 가치와 일치한다고 볼 수 있다.

> 마크 노플러가 오른손잡이로 전향한 사실에 대해
> 시대의 편견에 돋은 한숨을 토하며
> 그의 투박한 핑거 피킹 연주법을
> 어설픈 말소리로라도 시늉할 줄 알면 좋겠다
> ─「마크 노플러를 아는 여자와의 사랑」 부분

"미라가 중얼거리는 꿈"(「이집트」)이 시인을 관통하여 발현하는 과정은 다양하다. 왼손잡이임에도 오른손으로 기타를 연주

한 "마크 노플러"처럼 편견을 깨고 시대의 한 페이지를 장식한 사람들이 남긴 메시지는 설득력이 강하다. 마크 노플러가 제시한 현상이 음악이었다면 시란 비껴선 삶에서 반사된 소리를 낯선 언어로 옮겨 적는 과정이다. 그런 시도는 "달리가 두통으로 기억을 더듬던 것처럼/ 몽롱한 꿈을 꾸는 길"(「달리의 콧수염」)을 걷는 과정임을 부인할 수 없다. 그러므로 김완수 시인의 시는, "낮이 쏟아낸 말들도 바닥에 축 늘어지면/ 잠귀 밝은 길은/ 구부정한 잠버릇으로 낮의 생각을 풀어낸다"라는 것으로 정의할 수 있을 것이다.

바닥의 언어들은 '베이스 드럼'처럼 묵직한 신음을 지니고 있다. "세상과 삐걱거리는 그림/ 상투적인 배경은 사라지고/ 내 몸 어딘가에서 태엽 자국이 만져"(「에곤 실레와의 포옹」)지는 것처럼 삶이라는 태엽이 감기고 풀리는 반복된 과정에서 "전과는 다른 방식으로" 세상을 편곡하는 드러머의 모습이야 말로 김완수의 시가 지향하는 가치가 아닐까.

> 기나긴 연장 승부 끝에
>
> 승리의 끝내기 안타라도 터지면
>
> 누구보다 먼저 필드로 달려가
>
> 스포츠 신문 일면을
>
> 대문짝만 한 등번호로 장식하는 너
>
> 내일이면 상대 벤치에 앉아 있을지 모를 삶이어도
>
> 오늘만은 화끈하게 소리 지를 배짱 두둑하니
>
> 너의 엉덩이는 강타자의 불방망이보다 뜨겁다

어쩌다 운 좋게 타석에 서도

서툰 스윙으로 맥없이 물러나

기회는 또 홈런의 꿈같이 아득해지지만

먹튀란 손가락질 받을 일 없으니

어깨 맘껏 펴도 좋겠다

타석이 벤치보다 어색한 똑딱이여도

공이 수박만 하게 보인다는 말이 통 믿기지 않아도

자유 계약 앞둔 동료처럼 달뜬 가슴 가져라

상대 투수 앞에서 기죽을 줄 모르는 너

너의 이름은

더그아웃에서 더 뜨거운 필드를 꿈꾸는 벤치 워머

—「벤치 워머」부분

「벤치 워머」를 "나 자신의 때는 아직 오지 않았다"라는 니체의 말에 얹어 읽어보면, 그라운드에서 활약하고 싶어 하는 후보 선수의 심정을 고스란히 느낄 수 있을 것이다. 여기서도 "꿈"은 여전히 이데아를 형성하고 있다. "벤치 워머"를 통해 시인은 바닥의 소리를 두드리는 드러머가 된다. 간절함은 아래로 향할수록 처절하다. 맘껏 드러내지 못하는 소리는 그래서 더욱 무거워진다. 이름이나 등번호가 아니라 "벤치 워머"로 통틀어 불리는 이 시대의 삶에도 리듬을 얹으려는 시인의 감성은 따스하다. 드러내고 싶은 욕망은 편법이 아니라 "타석"에 서는 것으로 이뤄야한다. 하지만 기회라는 것은 균등한 값이 아니다. 실력이 기준이 아니라 세력이 기준이 되는 세상의 불합리에 맞설 수 있는 것

이라곤 "어쩌다 운 좋게 타석에" 서거나, "더그아웃에서 더 뜨거
운 필드를 꿈꾸는"게 전부일지라도 "꿈"은 여전히 포기할 수 없
는 가치이다.

> 나를 찾는 소리 없으면
> 내 부음을 퍼뜨리고 말 거야
> 내 쓸쓸한 이름이
> 아브라함의 가계도같이 기억되고
> 사람들 입에 누누이 오르내릴 때까지
> 화려하게 출몰할 거야
>
> 나는 조명照明이 필요한 배우
> 즐거운 유명세라면
> 무대에서 쓰러져도 좋겠어
> ― 「뮌하우젠 증후군」부분

「뮌하우젠 증후군」에서 "주인공이 되고 싶"은 화자의 내면은
「벤치 워머」와 거의 일치한다. 하지만 "꿈"은 질병이 아니라 간
절함이다. 시인은 프레임에서 사라진 사람들의 목소리를 드럼
으로 옮겨 놓는다. 어떤 이는 '베이스 드럼'으로, 어떤 이는 '톰
톰'의 소리를 지닌다. 그들의 소리가 합해졌을 때 세상은 리듬에
귀를 기울인다. 사람들이 광장으로 모이는 까닭이 그러하다. 동
질의 파장을 지닌 타악기들의 진동은 우렁차다. 그래서 바닥의
언어는 절박하다.

스스로 파편이 되어 살아가는 사물을 잡아내는 건 시인의 고유한 능력일 것이다. 김완수의 시선을 따라가다 보면 곳곳에 깨지고 찢긴 소리들을 만날 수 있다. 하지만 그 소리는 결코 허물어지지 않는다. "레몬"의 소리가 그랬고, "죽은 시계탑"의 소리가 그랬다.

"가슴 아래 아찔하게 떠돌던 마음"(「넓은잎딱총나무」)들의 외침은 흩어져 힘을 이루지 못한다. 시인은 그들 스스로 타악기가 되어 모이도록 호명할 뿐이다.

> 레몬은 반골을 꿈꿔온 게 분명해
> 너도 나도 단맛에 절여지는 세상인데
> 저만 혼자 시어보겠다고
> 삐딱하게 들어앉아 좌선할 리 없지
>
> [……]
>
> 레몬은 독하게 적멸하는 부처야
> 푸르데데한 색에서 단맛을 쫙 빼면
> 모두 레몬이 될 수 있어
> ─「레몬」부분

중심에서 벗어난 세상을 가치로 인정하지 않으려는 것은 기득권의 횡포다. 어쩌면 그들은 밀려난 것이 아니라 스스로 벗어난 것일지도 모른다. 색깔을 잃지 않으려는 몸짓은 어떤 힘과 타협

하지 않는다. "반골"은 결국 자신의 맛을 지키려는 수행이다. 이런 '삐딱함'은 세력에 빌붙어서는 찾아내기 힘들다. 타협하지 않고 "신맛"을 지키려는 "레몬"의 삶은 결국 김완수가 지닌 가치관에 닿아있다고 할 수 있다. 그러므로 "통점에 낯선 믿음을 갖다 붙이면/ 가슴을 펼 수 있을 것 같았다"(「넓은잎딱총나무」)라는 표현은 시인이 지닌 "꿈"을 온전히 지키고자 하는 고백인 셈이다.

광장에서 드러머가 두드리는 소리는 상투에 대한 저항이다. 불의가 힘을 이룬 "도시의 독재"에서 "초록은 소수당"(「이방인」)일 수밖에 없다. 불의는 "프로크루스테스의 침대"처럼 다른 사람의 생각을 억지로 맞추려고 횡포나 독단을 구축한다.

> 그는 불통의 책임을
> 내 걸음걸이에 넘겨씌웠다
> 앞섰다고 다리를 잘랐다가
> 뒤섰다고 다리를 늘였다
> ―「프로크루스테스의 침대」 부분

"녹슨 생각들"은 마침내 소멸할 것이다. 개성이란 결코 틀에 가두거나 지배할 수 없다. 시인은 누구보다 자유로운 세계를 이뤄야 한다. 이때 "침대"라는 틀은 횡포다. 그렇게 "불쑥불쑥 튀어나오는 힘들은/ 사탕의 다디단 폭력을 가졌"(「팝콘 브레인」)다. 그것에 저항하는 방법은 "단물이 다 빠지기 전에/ 사탕의 힘을 톡 깨물어 먹을 줄" 알 거나, "무심코 성큼성큼 바닥을 짓밟

는 복종의 관습이 불편하다"(「군화를 신다」)는 것을 깨우치는 일이다.

그럼에도 불구하고 무대 후미에서 스틱을 잡은 드러머는 고독하다. 어쩌면 그런 고독이야말로 연주의 버팀목일 것이다. 뒤에 있기에 대상을 더욱 면밀히 관조할 수 있다. 이런 심상을 갖는 것은 환호에 취한 상태로는 불가능하다. 홀로 빠져들지 않고 중심을 잡아주는 드러머의 모습이 바로 시인이라 해도 과언이 아니다.

누군가는 측면을 바라보고 측면의 목소리에 귀를 기울인다. 소수일지라도 그들의 시선은 날카롭다. 클라이맥스에 심벌을 두드리듯 하나의 문장에 강렬한 비트를 던지기 위해서 여전히 낮은 곳에서 무거운 소리를 들어야 하는 몸짓을 시인은 알고 있다.

외로운 소리는 새벽에 몸을 던진다

파도 없는 바다처럼 방 안이 축 늘어진 시간

허공에서 초침이 그르렁거리면

몸 뒤척이던 소리는 기지개를 켜다가

몸을 사뿐 밖으로 던진다

소리의 투신이 날벌레같이 무모하면

어둠은 완력으로 받아 낼 준비를 한다

어둠의 에어 매트가 깔리는 시간

고요의 설득이 식상할 때쯤

싱싱한 기척을 물고

긴장의 담 위를 가로지르는 고양이 한 마리

매트 위에 자빠져 있던 소리가

개 짖는 소리처럼 고양이를 따르다가

말라빠진 걸음에 살이 올라

살금살금 방 안으로 기어든다

동공이 커지는 시곗바늘

새벽의 고층에서 떨어져도

소리는 이제 고양이처럼 중심을 잡고 설 줄 안다

착지가 더 이상 어둠에 젖지 않을 때

고양이 울음같이 돋아나는 삶의 발톱

모든 소리가 잠자리를 찾으면

고양이도 길에서 사라지고 없다

소리의 콧등이 개운하도록

고양이가 침묵을 핥고 간 아침

어둠이 들었던 새벽 바닥에

고양이 혓바닥 같은 햇볕이 지나가자

삶의 결정結晶이 소금처럼 맺힌다

—「새벽 고양이」 전문

"새벽"은 세력에 편승하지 않는 자들의 시간이다. "외로운 소리"는 그때 가장 크다. "담 위를 가로지르는 고양이"가 끌고 온 아침은 "꿈"의 자락이다. 소리들이 "중심을 잡고 설 줄" 아는 세상, "착지가 더 이상 어둠에 젖지 않"는 세상은 "삶"을 향하고 있다.

"허세만 거미줄처럼 뒤엉켜 있는" 세상에 쓴 소리를 마다하지 않는 것은 용기가 아니라 시인의 역할이다. 산다는 게 비록 "학교에서 배워 온 거북이걸음으로는/ 토끼의 눈부신 뜀박질을 따라잡을 수 없"(「토끼는 없다」)는 일이라 하더라도, 시인이라면 "이르게 떠난 새들의 빈자리가 눈에 밟"혀 "폐가처럼 퇴락해 가는 집 아래에 빗더서서 새들이 저릿하게 갔을 길을 따라가"(「제비 떠난 뒤」)기를 주저하지 말아야 한다.

시인에게는 세상 모든 곳이 광장이다. 김완수 시인이 제시한 울림은 단맛의 언어가 아니라 신맛의 언어이다. 때론 강하게 때론 부드럽게 호흡하는 드러머의 숨결을 따라 읽으면 어느새 관객은 같은 숨을 쉬게 된다.

"깨어있는 자들은 알지/ 캄캄한 방을 밝히면/ 차가운 광장도 데워질 수 있다는 것을"(「초」)에서 밝힌 단호함은 "뜨거울수록 단단해지는 초"를 통해 광장의 언어를 드러내고 있다.

> 떼로 뭍을 찾은 고래들을 보면
> 내가 가야 할 길이 보인다
> 나는 부끄러워 바다를 찾고
> 오래 견디는 심해어가 된다
> 고래 배 속보다 깊고 캄캄해도
> 뭍으로 돌아가는 불은 피우지 말아야지
> 광장 같은 바다로 나가자
> 아가미에서 소리가 터져 나온다
> ―「아가미」 부분

작은 촛불이 모여 세상이 환해지듯 시는 조각난 소리들을 불러 모아 포지티브를 이룬다. 그런 외침은 선명하다. "고래"가 다시는 딛지 말아야 할 곳이 "뭍"인 것처럼 세상은 반복된 과오를 외면한다. 이것은 더 이상 억압받지 않겠다는 외침이다. 세상이 밝아지려면 광장에 운집한 소리들이 힘껏 어둠을 밀어내야 한다.

베이스 드럼이 쿵, 쿵, 자신의 비트를 쏟아내듯이 김완수 시인은 세상의 흩어진 소리를 찾아 간다. "밖은 불통의 나라"이고 "나는 내 말을 온전히 전하지 못하는 사람"일지라도 "한때 펄펄 끓었던 것을 혁명이라 믿는"(「수족 냉증」) 시인의 걸음은 멈추지 않는다. 불통에 저항하는 가슴은 "기억의 단면을 어슷하게 떠내는 회칼"을 빤히 쳐다볼 수 없더라도 "송어의 기억"(「송어회」)을 떠올려 주듯이 광장에 모인 이들의 소리를 맘껏 품는 일일 것이다.

불의한 세상에 대항하는 소리는 결국 살아난다는 것을 시인은 안다. 그리고 그 걸음이 힘겨울지라도 이겨내야 한다는 사실도 마찬가지다.

어느 골목집이든 자클린 뒤 프레가 살리라
아픔이 재발해도
뜨거운 음색을 붙들고
박제가 돼 갈수록
선율로 가슴을 켠 뒤 프레처럼
골목골목엔 사람들이 꿋꿋이 살아가리라

희망도 낯선 곳에선 헤맬 수밖에 없다

─「자클린 뒤 프레」부분

"어느 골목"으로 치환된 세계는 시인이 더듬어야 할 세계일 것
이다. 이곳에서 찾아낸 첼로 소리는 "꿈"의 다른 이미지로 변주
한다. "불협화음"이 난무하는 세상에서 시인은 자신도 모르게
허공에 대고 스틱을 두드리고 있을지도 모를 일이다. 한 편의 시
가 리듬을 만들고 아픔을 어루만지는 몸짓이 될 때 "골목"은 견
디고 살아갈 힘을 얻는다.

"꿈"이 당장 모습을 드러내지 않더라도 실망하거나 좌절할 필
요는 없다. 희망은 매번 낯선 곳에서 다가온다. 그러니 이제 시
계탑이 "시간을 찾아 되살아"(「죽은 시계탑」)나길 기다리자. 어
쩌면 어두운 골목에도 "반디" 같은 희망이 날아올지도 모를 일
이다.

반디의 아스라한 시위가 궁금했다

다 켜지 못한 불을 꽁무니에 붙이고

구경꾼도 야경꾼도 없이 시위하는 걸 보고서

짠한 현장을 그냥 지나칠 수 없었다

한여름밤의 이슬 같은 몸짓이라

그보다 뭔가 고결한 이유가 있으려니 생각했다

처음엔 저를 청정으로 내모는 결벽인 줄 알았으나

반디가 제 의식意識에서 불면하는 건

서툰 자의가 아니었다

대낮의 쇳소리가 총성같이 울리고

소리의 여백이 산그늘보다 넓을 때

반디는 제가 뿌리내린 숙면에서 깨

의식의 게토로 이주했다

사람의 퇴거 명령이 탈바꿈을 재촉하자

반디는 목소리를 키웠다

세상 이목에서 사라질 줄 알아도

날로 산란産卵하는 인적은 버틸 수 없었겠지

야박하게 반디들 간을 내먹던 차윤車胤은

일찌감치 그 목소리를 읽었을지 모른다

외면의 우범 지대에서

내게 황달 같은 불을 켠 반디

내 발그레한 시선에 촛농이 떨어지는데

하루살이들의 가열苛烈한 시위를 보면서도

손사래로 눈 가릴 수 있을까

이제는 두메 끝 벼랑으로 날아가

촛불을 살리는 반디

반디의 꺼지지 않는 의식이 궁금하다

　　　　—「반디의 시위」 전문

　"반디"는 시인이 다루고자 했던 모든 대상을 축약하는 상징이

다. 여기서 "반디"가 뿜어내는 작은 불빛을 한 편의 시로 읽는다면, 김완수의 시편들은 "시위" 중이다. 파편이 된 바닥의 소리들, 소외된 이웃의 목소리들, 역사적 사건에서 다양한 삶을 채색한 사람들의 측면까지 불씨로 피워낸 김완수의 손끝은 섬세하다.

세상의 중심에서 사라진, 그렇게 "바닥에서 죽은 말들"(「오래된 여관」)을 찾는 여정이 지난하더라도 그 길은 기꺼이 걸어가야 할 행보임을 시인은 잘 알고 있다. 한 권의 시집을 읽는 것은 시인의 시세계를 더듬는 일이다. 스틱을 들고 세상에 진동을 던지는 드러머처럼 시를 전면에 내세우고 연주를 하는 시인의 모습은 아름답다. 아픔을 외면하지 않고, 외진 곳에 오래 마음을 건넬 줄 아는 자세는 마침내 광장에 모인 목소리와 어우러져 함성이 될 것이다.

세상 곳곳에서 반디를 찾아낸 시인의 목소리는 날것의 이미지다. 반디들이 광장으로 모이고 있다. 아직은 "진실을 보지 못했"(「고래」)어도 머지않아 불빛은 어둠을 뚫을 것이다. 그것은 원형의 소리가 아니라 시인의 몸을 거쳐 탄생한 새로운 리듬이다. 타악기가 지닌 진동은 잔상이 짙다. 타자의 소리를 연주하는 동안 시인은 어느새 그들과 함께 광장이 되었다.

불합리한 것들에 맞서는 일은 고단하다. 하지만 "풀 죽은 세상에 저항"(「스모크 온 더 워터」)하기 위해 광장에 모인 반디들. 그들과 함께 세상의 측면을 두드리고 있는 김완수의 시처럼 『꿈꾸는 드러머』의 스틱이 땀으로 흥건할 때쯤 반디들의 외침은 함성이 될 것이라 믿기로 한다.

김완수 시집

꿈꾸는 드러머

발   행 2019년 7월 30일
지 은 이 김완수
펴 낸 이 반송림
편집디자인 김지호
펴 낸 곳 도서출판 지혜 • 계간시전문지 애지
기획위원 반경환 이형권 황정산
주   소 34624 대전광역시 동구 태전로 57, 2층 도서출판 지혜 (삼성동)
전   화 042-625-1140
팩   스 042-627-1140
전자우편 ejisarang@hanmail.net
애지카페 cafe.daum.net/ejiliterature

ISBN : 979-11-5728-358-3 03810
값 10,000원

김완수

김완수 시인은 1970년 광주광역시에서 태어났으며, 2013년 《농민신문》 신춘
문예에 시조가, 2014년 제10회 5.18문학상 신인상에 시가, 2015년 《광남일
보》 신춘문예에 시가 당선됐고, 2016년 『푸른 동시놀이터』(푸른책들)에 동시
가 추천 완료됐다. 그 밖에 2015년 제2회 금샘문학상 동화 대상 등을 받았다.
김완수 시인의 첫 번째 시집 『꿈꾸는 드러머』는 시공간을 넘나들며 호명한 사물
을 광장으로 모으고 있다. "시인의 말이 뜨거워야 하는 것이라면"(「일용할 시」)
김완수 시인은 광장의 언어들을 자신의 몸으로 투과시켜 뜨거움을 얻고자 한다.
그것은 마치 박자를 잡아주는 드럼처럼 제 몸을 두드려 세상의 메트로놈의 역할
을 담당하려는 몸짓과 흡사하다.
타악기가 내는 소리는 비명보다는 신음에 가깝다. 김완수는 낮은 곳을 더듬으며
깔리는 소리에 귀를 기울인다. 이런 소리는 프레임 바깥에 주로 있어 정면이 아
닌 측면의 삶을 떠올리게 한다. 자의와 상관없이 타악기가 되어버린 삶들이 광
장에 모이면 스틱을 잡고 그들의 신음을 맘껏 연주하는 시인 김완수, 그가 바로
『꿈꾸는 드러머』다.

이메일 : 4topia@naver.com